MARLENE

Mehr Infos über die Autorin:
lanaloxten.myartland.de

Lana Loxten

MARLENE

Alles wird gut!

Bibliografische Information der Deutschen Nationalbibliothek:
Die Deutsche Nationalbibliothek verzeichnet diese Publikation in der Deutschen Nationalbibliografie; detaillierte bibliografische Daten sind im Internet über http://dnb.dnb.de abrufbar.

© 2015 Lana Loxten
lanaloxten.myartland.de

Umschlaggestaltung, Umschlagmotive und Illustrationen:
H. P. Neumann
www.h-p-neumann.de

Herstellung und Verlag:
BoD – Books on Demand, Norderstedt
ISBN 978-3-7347-6338-0

Dieses Buch

widme ich der Liebe.

Die Macht

die alles Gute

entstehen lässt.

1

Auf der Landstraße war wenig Verkehr. Das Auto wurde allmählich langsamer. Sie schaltete in den dritten Gang herunter. Gleich musste der Waldweg kommen.

Es war noch sehr früh und trotzdem schon angenehm warm. Der blaue Himmel versprach einen schönen Sommertag.

„Verdammt", sagte Marlene zu sich selbst und bremste. Sie war am Weg vorbeigefahren. Sie legte den Rückwärtsgang ein, schaute in den Rückspiegel und fuhr zurück. Ohne zu blinken und ein Wenig zu schnell bog Marlene in den Waldweg ein. Die Räder drehten ein paarmal auf dem Sandweg durch und hinterließen eine Staubwolke.

Langsam rollte der Austin Mini durch den Laubwald. Die aufgehende Sonne blitzte durch die Bäume. Der ganze Wald schien zu dampfen und der Wind trieb die Nebelschwaden durch die Äste der Eichen.

Gleich bin ich da, dachte Marlene. Hier bin ich groß geworden, hier habe ich meine Kindheit verbracht, hier war mein Leben voller Glück.

Vor ihr tauchte der Waldsee auf.

Ein Entenpaar nahm gerade Fahrt auf, um zu starten und man konnte sehen mit welcher Kraftanstrengung das verbunden war. Knapp über dem Schilf hoben beide ab und wurden immer schneller. Mit kraftvollen Schwingen flogen sie über das Auto Richtung Baumwipfel.

Sie fuhr ihr Auto an die Wegseite und stellte es aus. Marlene atmete einmal kräftig durch und schon öffnete sie die Wagentür. Auch wenn ihre Kleidung für einen Aufenthalt in der Natur nicht unbedingt geeignet war, ging Marlene auf den gut befestigten Weg Richtung See.

Ihre Pumps hinderten sie daran zügig die kurze Strecke zurückzulegen; sie musste schon aufpassen, dass sie nicht umknickte. Nachdem sie das Schilf zur Seite geschoben hatte, stand sie auf dem alten Holzsteg.
Der leichte Wind trieb kleine Wellen am Bootssteg vorüber. Marlene atmete die Luft tief ein und sie hatte sofort das gleiche Empfinden wie in ihrer Kindheit. Marlene dachte: „ ich bin zu Hause".
Die ersten 15 Jahre ihres Lebens hatte sie hier in dieser Gegend gelebt. Jetzt war sie 27 und kehrte zum ersten Mal zurück.
Ihr Vater war der Gutsverwalter auf dem Anwesen des Grafen von Auenbach und ihre

Familie lebte in einem schönen Haus neben den Wirtschaftsgebäuden östlich vom Schloss.

Marlene zog ihre Kostümjacke aus, warf sie über die Schulter und ging an die Kante des Stegs. Das Holz war von der Witterung grau und zerfurcht.
Sie zog ihre Pumps aus und setzte sich auf den Rand des Stegs und lies die Beine knapp über dem Wasser baumeln. Der leichte Wind strich durch ihre Haare.

Im selben Moment hörte sie aus der Ferne ein leises trampeln. Schnell wurde das Geräusch lauter und sie erkannte, dass es sich um ein Pferd handeln musste. Von dem Waldweg, der von dichtem Wald umgeben war, hallte es immer lauter. Plötzlich schoss im rasenden Tempo ein Reiter aus dem Wald auf die Lichtung des Sees. Der sportliche Reiter saß lehrbuchhaft auf dem Hengst und fixierte sie mit seinen Augen.
Marlene spürte die Angespanntheit des Reiters.
Eine aggressive Spannung lag in der Luft.
Die Grillen zirpten und das Geräusch der leichten Wellen war zu hören, als sie sich im Uferschilf verliefen.
Der Reiter brachte sofort das Pferd zum Stehen. Der Hengst war nass geschwitzt und

sog schnaubend die Luft ein.

Eigenartigerweise erkannte Marlene sofort den Grafen von Auenbach, den Spielkameraden aus ihrer Jugend. Um einiges älter, hatte er doch die gleichen Gesichtszüge so wie sie ihn in Erinnerung hatte.

Sie lächelte, stand blitzschnell auf dem Steg und wollte gerade auf ihn zulaufen, als Maximilian gereizt zu Marlene hinüber schrie:
„Hey, Sie, was haben Sie hier zu suchen? Sie befinden sich auf einem Privatgrundstück, Sie haben keine Erlaubnis hier zu sein. Haben Sie keine Augen im Kopf, die Verbotsschilder sind doch wohl nicht zu übersehen. Machen Sie sofort, dass Sie hier verschwinden. In 5 Minuten sind Sie hier weg, verstanden?"

Schon zog er die Zügel an und gab dem Pferd die Sporen.
Sofort nahm das Tier Tempo auf und jagte mit dem Reiter davon.

Marlene war sprachlos und zutiefst enttäuscht. Bevor sie auch nur einen Ton sagen konnte, war die Begegnung vorbei. Sie wusste, er hatte sie nicht erkannt. Hatte er in der ganzen Zeit überhaupt an sie gedacht?
Hier, wo ihre Kindheit aufgehört hatte und

sie zur jungen Frau wurde. Ihre Augen wurden feucht, so hatte sie sich ein Wiedertreffen nicht vorgestellt.

Sie sehnte sich danach glücklich vereint zu sein. Der Antrieb, der ihre letzten Jahre beherrschte.

Marlene zog enttäuscht ihre Pumps und Ihre Jacke an. Sie lief eilig zu ihrem Auto, stieg ein und startete den Motor. Das Drehen des Wagens war etwas schwierig, aber nachdem sie es geschafft hatte, brauste sie in einer Staubwolke in Richtung Landstraße davon.

2

Der Reiter preschte auf der Schlosseinfahrt hinter den Stallungen auf das Anwesen des Gutes. Durch den scharfen Ritt staubte der trockene Sandweg.

Plötzlich, kurz vor den Stallungen, riss der athletische Reiter die Zügel zu sich, der Kopf des Pferdes schoss nach hinten. Das Pferd stand fast unverzüglich nur noch auf den

Hinterläufen und stoppte sofort. Im gleichen Moment sprang er vom Pferd. Der Hengst war schweißnass und sog hektisch mit weit geöffneten Nüstern die Luft ein. Maximilian von Auenbach rief nach einem seiner Stallburschen, der ihm den Hengst abnahm und fortführte.

„Wo ist Peter?", fragte der Graf.

Der Stallbursche zeigte in Richtung der Stallungen. Peter, der Verwalter des Gutes, stand vor der offenen Boxengasse und unterhielt sich mit dem Hufschmied. Einmal die Woche kam der Hufschmied auf das Gut um die Hufe der edlen Tiere zu kontrollieren und gegebenenfalls die Hufeisen auszubessern oder zu erneuern.

Der Graf schritt mit großen Schritten auf die Beiden zu, im gleichen Moment drehte sich Peter zum Grafen um.

„Peter, hören Sie. Am Teich treibt sich eine Touristin herum. Fahren Sie sofort hin und schauen, ob die Frau meiner Aufforderung gefolgt ist und mein Land verlassen hat."

Der Verwalter gab dem Schmied zu verstehen, mit seiner Arbeit anzufangen und ging dem Grafen entgegen. Der Schmied nickte Peter zu und machte sich wieder auf in den Pferdestall.

„Ich glaube wir müssen die Waldwege absperren. Die Hinweisschilder alleine langen nicht aus. Mit den Fremden, das wird allmählich immer unerträglicher", sagte der Graf.

„Ja, Sie haben Recht, wir sollten Stämme von den geschlagenen Kiefern nehmen. Die würden in der Länge passen. Um die Frau kümmere ich mich. Ich fahre sofort zum See", erwiderte Peter, drehte sich um und lief Richtung Geländewagen. Er sprang hinein, startete und raste davon.

Der Graf schaute ihm einen kurzen Augenblick hinterher, wendete sich ab und ging zum Schloss. Er nahm den Seitenweg durch den Park. Seine raschen Schritte knirschten auf den kleinen Steinen des Weges und verrieten sein Kommen. Seine Mutter hob ihren Kopf lange bevor Maximilian auf ihrer Höhe war. Die Gräfin war wie immer in dieser Zeit mit ihren Rosenbeeten ausgefüllt. Als Kennerin und große Liebhaberin von Rosen war sie den ganzen Sommer mit der Beschäftigung mit ihren Pflanzen ausgefüllt.

„Guten Morgen mein Sohn", rief sie ihm entgegen, „du bist schon von deinem morgendlichen Ausritt zurück? Wie macht sich dein neuer Hengst, entspricht er deinen Erwartungen? Sag mal kommt die Freiin Charlotte uns gar nicht mehr besuchen?

Du warst doch so glücklich mit ihr, du solltest die Trennung rückgängig machen. Immerhin ist sie eine Adelige, wenn auch nur Freifrau, nicht wie wir.
Aber adelig, nicht wie die Frauen, die du vorher immer mitgebracht hattest. Diese bürgerlichen, die es nur auf deinen Titel und dein Geld abgesehen hatten.
Ach Junge versucht es doch noch einmal.
Du sagst ja gar nichts, was ist denn?"

„Stopp, Stopp Mutti", rief Maximilian und stand lächelnd vor seiner Mutter.

„Du weißt, Charlotte ist kein Landmensch. Sie will die meiste Zeit in Düsseldorf sein: Ihre Arbeit, Unterhaltung, Shoppen. In den drei Jahren, in denen wir zusammen waren, konnte ich sie nicht vom Country Life überzeugen. Und ich war nicht so verliebt, dass ich sie hätte heiraten wollen. Außerdem werde ich die Frau heiraten, die ich liebe. Adel hin oder her und…."

„Aber Max was redest du, wenn schon Charlotte nicht, dann auf jeden Fall keine

Bürgerliche, das hat es in unserer Familie noch nie gegeben", seufzte die Gräfin und schüttelte den leicht gesenkten Kopf.

Maximilian verdrehte die Augen, packte seine Mutter bei den Schultern und sagte mit sanfter Stimme: „ Ich weiß, du willst mein bestes und dass ich glücklich bin, alles andere wird sich finden. So, ich muss ins Schloss in mein Büro, ich habe noch viel zu erledigen."

Die alte Dame lächelte ihren Sohn an.

Er drückte ihr einen Kuss auf die Stirn wandte, sich ab und wollte seinen Weg fortsetzen. Der Graf hielt inne, drehte sich noch einmal um und sagte: „ Übrigens, das Pferd ist spitze und sein Geld wert. Lass uns nachher gemeinsam zu Mittag essen, ich werde dir von dem Hengst erzählen. Der wird bei meiner Pferdezucht eine große Rolle spielen."

Er ging mit eiligen Schritten Richtung Schloss.

„Ja, gut. Machen wir", rief die Gräfin von Auenbach ihrem Sohn hinterher und wandte sich ihren Rosen zu. Sie hatte noch einiges zu verschneiden und war noch lange mit ihrem Hobby beschäftigt.

Als sie nach einer Weile eine kleine Pause machte, dachte sie an ihren verstorbenen Mann.

Sie waren damals so sehr verliebt. Als sie Gräfin wurde, hatten sich beide soviel vorgenommen wie ihr Leben aussehen sollte. Für sie war der Einzug in das Schloss eine riesige Veränderung. Sie war adelig geboren, aber ihre Eltern hatten wenig Geld und gingen notgedrungen bürgerlichen Berufen nach. Ihre Eltern hatten ihr beigebracht stolz auf ihre Herkunft zu sein und dass der Adel etwas Besonderes ist. Umso mehr freuten sich alle über ihr Heirat.

Die Eltern des Grafen waren früh bei einem Unfall verstorben und so musste er sich mit Mitte 20 um das große Anwesen kümmern. Schnell stellte sich heraus, dass er ein schlechter Verwalter des Gutes war. Es war ihm nicht übel zunehmen, niemand hatte es ihm beigebracht. Er hatte sich vorher nie Mühe gemacht etwas zu lernen, er war einfach nur Sohn.

Mit den ersten Misserfolgen verlor er rasch die Lust am Landleben. Vor allem an der täglichen Arbeit und an der Verantwortung. Die Gräfin erkannte, dass ihr Mann einen labilen Charakter hatte. Immer öfter musste sie die Verantwortung übernehmen und Entscheidungen treffen. Sie wuchs mehr und mehr in diese Aufgabe hinein.

Maximilians Vater war oft für Tage verschwunden, ohne dass er es vorher sagte und auch nicht, wo er gewesen war. Diese Tage der Abwesenheit häuften sich und er kümmerte sich kaum noch um seine Frau und das Gut. Oft kamen die Mitarbeiter des Grafen mit Fragen zu ihr. Sie musste Entscheidungen treffen, obwohl sie unsicher war und nicht wusste, ob es die richtigen waren.

Der Graf hatte seine Liebe zu Glücksspielen entdeckt und fuhr in die Casinos in Bremen und Hamburg und wohnte in Hotels der gehobenen Klasse. Allerdings war sein Glück beim Roulette und Black Jack eher gering. Dass er viel Geld zur Verfügung hatte und verspielen konnte, machte ihn für andere interessant. Bald hatte er viele neue Freunde und viele schöne Frauen um sich. Das Gefühl von vielen geliebt zu werden beeindruckte ihn. Die schönen und willigen Frauen in diesem Milieu schmeichelten ihm.

Er wollte mehr und so war er Stammgast in den besten Spielcasinos in Baden Baden, in Wiesbaden und Monte Carlo. Seine Ausgaben stiegen, die Frauen wurden immer schöner, teurer, aber auch vulgärer. Bald war nicht nur Champagner sein einziges Rauschmittel. Sein Leben wurde immer ausschweifender.

In dieser Zeit wurde der Gräfin bewusst,

dass ihr Mann die Existenz des ganzen Anwesens aufs Spiel setzte.

Wenn nach Wochen oder Monaten der Graf ausgemergelt auftauchte, um sich von seinem ausschweifenden Leben zu erholen, versuchte sie ihn immer wieder zur Besinnung zu bringen. Sie machte ihm klar, dass das ganze Gut finanziell bald am Ende sein wird, wenn er weiterhin viel Geld ausgeben würde.

Er stürzte sich in die Arbeit, sodass die Gräfin Hoffnung hatte. Beide versuchten eine normale Ehe zu leben, aber die körperliche Leidenschaft die ihr Mann von ihr forderte konnte sie ihm nicht geben.

So war ihre Beziehung ein auf und ab.

Als endlich nach Jahren ihr Sohn geboren wurde, war sie zuversichtlich, dass der Graf sich ändern würde. Sie liebte ihren Mann trotz allem.

Wenige Wochen nach Maximilians Geburt sah sie, als sie früh morgens aus dem Fenster im zweiten Stock schaute, wie sich ihr Mann wieder einmal mit einem Koffer zu seinem Porsche schlich und leise davon fuhr.

Zum wiederholten Mal weinte die Gräfin bittere Tränen.

Aber ab jetzt fiel ihr das Fehlen ihres Mannes einfacher, sie hatte ihren Maximilian.

Ihr Mann hatte sein Leben nach Südfrankreich, vor allem nach Monte Carlo, verlegt. Hier feierte er seine Feste und tat alles dafür seine Gesundheit und sein Vermögen zu ruinieren.

Die Gräfin arbeitete dagegen und sorgte dafür, dass der Geldfluss zu ihrem Mann immer wieder unterbrochen wurde. Rechtzeitig hatte sie sich bei früheren Aufenthalten ihres Mannes auf dem Schloss Vollmachten ausstellen lassen. Sie schaffte, dass das Gut überlebte, auch weil sie einen Verwalter einstellte, Gerhard Bogner, der Vater von Marlene. Er leitete das Gut und sah schnell die Schwachstellen und die Fehler, die gemacht wurden.

Nur noch selten kam der Graf auf das Anwesen. Er war froh, dass er sich nicht mehr kümmern musste.

So sah er seinen Sohn wenig. Jedes Mal wenn er kam, war sein Sohn älter und ein bisschen größer.

Der Gesundheitszustand des Grafen wurde allmählich schlechter. Der plötzliche Tod in einem zwielichtigen Bordell in Südfrankreich war letztendlich für alle eine Erleichterung.

Die Gräfin war wirklich tief betroffen und trauerte lange. Sie kannte die guten Seiten ihres Mannes, weswegen sie sich damals in ihn verliebt hatte. Bis zum Schluss hatte sie gehofft, ihr Mann würde zurückkommen und seine Rolle auf dem Schloss einnehmen.

Nach dem Tod des Grafen war ihre einzige Sorge das Gut zu erhalten, bis zu dem Tag, an dem Maximilian die Verantwortung übernahm. Nach und nach hatte sie den einen und anderen Erfolg, auch dank des Verwalters. Das Gut wurde erfolgreich und erwirtschaftete gute Erträge.

Die Gräfin seufzte und war mit ihren Gedanken zurück in der Gegenwart. Sie wollte sich wieder ihren Rosen widmen. Für sie die beste Möglichkeit abzuschalten und alles um sich zu vergessen.

Trotzdem musste sie weiter an ihren Sohn denken. Warum war es ihm nicht wichtig in seinen gesellschaftlichen Kreisen eine Frau zu finden? Sie musste einen Weg finden. In Gedanken ging sie alle adeligen Familien durch. Auf der Suche nach heiratsfähigen, jungen Frauen. Hübsch sollte sie natürlich auch sein.

„Ich werde etwas passendes finden", seufzte sie.

3

Christian zu Meyer bekam sein neues frisch gezapftes Bier an den Tisch gebracht. Der Wirt nahm das leere Bierglas mit der freien Hand auf und stellte das volle auf den Bierdeckel. Er holte seinen Kugelschreiber aus der Hemdtasche, malte den dritten Strich auf den Rand des Deckels und sagte: „Prost."

Christian zu Meyer blickte nur kurz auf und nickte. Er saß alleine am Stammtisch des Jagdhofes. Es war noch früh am Abend. Um diese Zeit war der Stammtisch fast nie besetzt, was er heute auch nicht unpassend fand. Er musste seine Gedanken ordnen. Sein Plan kam ins Stocken und eine Lösung musste gefunden werden.

Er spielte nervös mit ein paar Bierdeckeln.

Ein Bauer konnte nicht so viel liefern wie er eingeplant hatte.

„Ich brauche Ersatz", dachte er.

Schon in den nächsten Tagen wollte sich Dr. Symzik melden um alle endgültigen Modalitäten des Vertrages zu besprechen.

„Verdammt", zischte er vor sich hin.

Jemand klopfte auf seinen Tisch, er

schaute hoch, „Nabend Christian, du lässt es dir gut gehen."

„Ja, danke, wünsche euch einen guten Abend und guten Appetit."

Dr. Baumann, der Hausarzt und seine Frau lächelten ihn an und gingen an ihm vorbei in den Restaurantbereich des Jagdhofes.

Das Restaurant war bekannt für seine gute bürgerliche Küche. Hier gab es frische Zutaten für die regionalen Gerichte. Die Gäste nahmen es zum Teil auf sich weiter zu fahren, um die ausgezeichnete Atmosphäre beim Essen zu genießen.

Die Seitentür des Lokals quietschte und herein kam Georg. Er schritt am Tresen entlang, nickte dem Wirt zu und bestellte ein Pils und ging auf den Stammtisch zu. Ohne etwas zu sagen setzte er sich neben Christian an den großen runden Tisch. Er sah abgekämpft aus und um diese Tageszeit machte er nicht mehr den frischsten Eindruck.

„Und, hast Du etwas erreicht? Konntest du die drei überzeugen mehr zu liefern? Hast du ihnen klar gemacht, dass wir Landwirte zusammenhalten müssen. Hast du angedeutet, dass ich bereit bin, eventuell mehr zu bezahlen? Nun rede doch endlich!"

Zu Meyer war aufgebracht und schaute

erwartungsvoll in Georgs Gesicht.

Georg schüttelte den Kopf. Er traute sich erst gar nicht seinen Chef anzuschauen, geschweige denn ihm das Ergebnis seiner Bemühungen mitzuteilen.

„Der Bauer Burger hätte wohl gewollt, hat aber selber für den Rest seiner Ernte Vorverträge für Weizen. Der Preis für Getreide sei dieses Jahr sehr gut. Der Schwieter hat gelacht und meinte…"

Christian unterbrach ihn, indem er ihm auf den Oberarm packte. Hinter Georg tauchte der Wirt auf, legte einen Bierdeckel vor ihn hin und stellte das Glas darauf. Christian zeigte auf seinen Bierdeckel. Der Wirt machte seinen Strich und verschwand.

„Weiter."

„Also der meinte, du hast schon genug Geld verdient und heute würde er ganz andere Konditionen aushandeln. Du hättest vor drei Jahren sowieso Glück gehabt."

„Und der Grohne, der hat finanzielle Probleme, das weiß ich ganz genau, der hat bestimmt zugesagt."

„Nee, auch nicht. Der hat letzte Woche für seine letzten 20 Hektar Mais einen Vertrag mit dem Biogasanlagebesitzer Brühler gemacht. Der brauchte auch noch dringend Fläche mit Mais. Außerdem meinte er, dass er einen super Preis für seinen Mais erzielt hätte, mehr als du zahlen würdest."

Das gibt es doch gar nicht, bisher lief alles glatt und jetzt sowas, dachte Christian. Auf der Ziellinie geriet alles in Gefahr.

Er braucht noch 100 Hektar Mais für seine Biogasanlage, damit diese voll ausgelastet ist und den maximalen Gewinn erzielt. Und das vertraglich für die nächsten zehn Jahre, sonst würde sein schlauer Plan nicht funktionieren. Er wollte es allen zeigen, seine Familie gehörte nur zu den mittelgroßen Bauern. Hier im Ort gab es vier große Landwirte, die auf ihn herabschauten.

Als die Förderung für die Biogasanlagen kam, sah er seine Chance. Er wusste aber auch, dass dieser Geldsegen, falls er nicht expandiert, nicht von langer Dauer sein würde.

Deshalb wollte er nach drei Jahren seine Anlage schnell und gewinnbringend verkaufen. Ein Käufer war schnell gefunden, Dr. Symzik. Der hat in den neuen Bundesländern in Brandenburg einen Agrarbetrieb und drei Biogasanlagen. Der würde die Anlage aber nur kaufen, wenn er für seine 1000 Hektar-Anlage Lieferverträge für zehn Jahre nachweisen konnte. Und die hatte er im Moment nicht.

Am Anfang war er vorsichtig gewesen und hatte zum Teil nur Dreijahresverträge abgeschlossen. Vor einem Vierteljahr kam plötzlich sein Nachbar Bauer Klumm zu ihm und meinte, auf seinen 100 Hektar baue er die nächsten Jahre Kartoffeln und Getreide an.

Das war ein Schock. In der nächsten Woche wird der Kaufvertrag unterschrieben werden, aber was jetzt?

Er schaute Georg ungläubig an.

„Vielleicht solltest du noch einmal mit denen reden", bemerkte Georg.

In diesem Moment surrte sein Smartphone. Es sah aus, als ob es auf dem Tisch tanzte.

Christian hob es auf, sah auf dem Display eine ihm unbekannte Handynummer. Er überlegte, ob er das Gespräch annehmen sollte und entschied sich auf den Knopf mit dem grünen Hörer zu drücken.

„Christian zu Meyer, guten Abend. Wer ist da?"

„Hallo mein Guter, hier ist Dr. Symzik, wie geht es Ihnen?"

Christian musste schlucken und war ein paar Sekunden sprachlos. Schweißperlen bildeten sich in seinem Gesicht. Hastig versuchte er sich auf diese Situation einzustellen, seine Gedanken schossen durch seinen Kopf.

„Danke Herr Doktor, mir geht es hervorragend. Bei uns ist alles bestens. Alles wird für ihren Besuch vorbereitet. Wir werden uns Ende nächster Woche ja sehen."

„Lieber Christian, deshalb rufe ich an. Bei dem Termin bleibt es selbstverständlich und ich freue mich auf Ihre Gegend und die Menschen bei Ihnen.

Aber Geschäft ist nun einmal Geschäft, um alles vorher zu überprüfen wird jemand von meiner Assistenz morgen in ihrem schönen Dorf vorbeischauen, um alles zu kontrollieren. Ich bin bei Vertragsverhandlungen und Abschlüssen immer sehr vorsichtig und gehe auf Nummer sicher.

Aber sie haben mir ja versichert, dass alles in trockenen Tüchern ist. Das ist also nur eine Lappalie."

Christian musste schlucken und wischte mit der rechten Handfläche den Schweiß von der Stirn.

„Ja klar, bei uns gibt es keine Probleme. Wir sind bereit für ihren Besuch. Ihr Fachmann kann sich alle Unterlagen anschauen und überprüfen, er wird keinen Fehler finden. Außerdem bin ich ja da, falls es Fragen gibt. Ich werde morgen Früh sofort einen Schreibtisch in unserem Büro bereithalten. Es kann losgehen."

„Gut, gut, ich freue mich. Endlich kann ich mein erstes Projekt im Westen starten. Mal sehen wie sich das alles weiter entwickeln wird. Ich habe noch viel vor.

Von uns meldet sich morgen jemand. Wünsche Ihnen noch einen schönen Abend."

„Okay Herr Dr. Symzik, was ich noch sagen wollte…..Hallo Herr Dr., ich glaube die Verbindung ist gestört, oder….."

Aber Dr. Symzik hatte bereits aufgelegt. Aus dem Hörer kam nur Stille. Christian drückte die rote Hörertaste und lies das Handy auf den Tisch fallen. Es war seinen schweißnassen Händen entglitten. Er lehnte sich langsam zurück und rutschte auf seinem Sitz nach vorne. Man hätte meinen können, gleich rutscht er vom Stuhl.

Georg schaute ihn mit großen Augen fragend an. Er hatte die ganze Zeit gespannt zugehört.

„Oh mein Gott", stammelte Christian, „ich glaube, ich bin verloren, das darf alles nicht wahr sein."

Wut stieg in ihm auf und am liebsten hätte er irgendetwas an die ihm gegenüberliegende Wand geworfen.

Er hatte sich alles schön ausgemalt. Zuerst würde er seinen Kredit abbezahlen und dann nur noch leben, gut leben. Sein Land würde er verpachten, die Pachtpreise waren im Moment sehr hoch. Die Hofgebäude wollte er erst einmal behalten. Und vor allem die Menschen in seinem Dorf hätten Respekt vor ihm. Sie würden ihn endlich für einen cleveren Geschäftsmann halten. Vielleicht würde er sich ein Haus in der Toskana kaufen oder in der Provence.

Das sollte jetzt alles in Frage gestellt werden? Nur, weil ihm keiner dieser Trottel von Bauern helfen will. Dabei wusste keiner, dass er seine Biogasanlage mit großem Gewinn verkaufen will. Er hatte mit niemandem darüber geredet.

Nein, für das alles wollte er kämpfen und gewinnen.

4

Der Mini bog von der Hauptstraße ab, ein kurzes Stück die Blumenstraße entlang. Bald tauchten vor Marlene die beiden großen alten Eichen auf, die die Einfahrt zum Gasthof säumten. Marlene fuhr hindurch und rechts auf den gepflasterten Parkplatz. Sie stieg aus und holte ihren Trolley aus dem Kofferraum. Schlendernd ging sie in Richtung Eingang des Jagdhofes.

Hier hatte sie das beste Zimmer des Gasthofes geordert.

Eine kleine Suite mit Schlafzimmer, Wohnzimmer und Bad. Natürlich auf Firmenkosten.

In dieser Beziehung war Dr. Symzik sehr großzügig. Er war der Auffassung, dass sich gute Arbeit in solchen Dingen auszahlen muss. Überhaupt war es angenehm für den Dr. zuarbeiten.

Marlene hatte sich nach ihrem Studium richtig entschieden, weil sie sich aufgrund ihrer ländlichen Herkunft schnell in die Vorhaben ihres Chefs einarbeiten konnte.

Sie hatte nach kurzer Zeit ihren Boss auf den einen oder anderen Punkt aufmerksam gemacht, den er übersehen hatte. So war seine Wertschätzung ihr gegenüber schnell gestiegen. Marlene war sofort eine wichtige Beraterin geworden, trotz ihrer Jugend.

Sie war den ganzen Tag in der Gegend herumgefahren und hatte Orte besucht, die sie kannte oder wo sie früher glücklich war. So war die Zeit schnell verflogen und ehe sie es gemerkt hatte, war es später Nachmittag geworden.

Sie betrat den Jagdhof durch die breite schwere Eichentür. Auf dem Weg zur Rezeption schaute sie in das Lokal, sah den Tresen, Tische und den Stammtisch an dem zwei Männer saßen. Der eine sah ziemlich krank aus, ganz fahl im Gesicht.
Marlene wollte einchecken und wartete an der kleinen Rezeption des Gasthofs, dass sie bedient würde. Der Wirt, der hinter dem Tresen des Lokals stand, bemerkte sie und kam sofort zu ihr.
„Guten Abend Herr Berens, ich habe eine Suite reserviert. Auf den Namen Bogner."
„Schönen guten Abend Frau Bogner, es ist alles vorbereitet. Wenn Sie bitte eben das Anmeldeformular ausfüllen würden", sagte der Wirt und schob ihr das vorbereitete Blatt hinüber. Marlene nahm den Kugelschreiber aus der vor ihr stehenden Halterung und fing an die einzelnen Felder auszufüllen.
„Hallo Marlene, herzlich willkommen bei

uns", sagte eine junge Frauenstimme. Lena, die Tochter des Gastwirtes war aus einem hinteren Zimmer gekomen und reichte Marlene ihre Hand.

Sie sah auf, erwiderte den Händedruck, lächelte und meinte: „Lena, schön dich zu sehen."

Lena Berens war bis zu Marlenes plötzlichem Verschwinden eine gute Freundin und Sitznachbarin auf dem Gymnasium in der nahen Kleinstadt gewesen. Beide hatten, ein für Mädchen oft unübliches, kameradschaftliches Verhältnis gehabt. Man könnte sogar sagen, beide waren Freundinnen gewesen, viele Dinge vertrauten sie einander an.

„Als ich deinen Namen gelesen hatte, konnte ich es nicht glauben, dass du das bist. Aber als ich dich eben gesehen habe, habe ich dich sofort erkannt. Du siehst sehr gut aus und so elegant."

„Oh, danke. Ich freue mich auch dich zu treffen."
„Wie schön, dass du hierher zurück gekommen bist. Du hast mir gefehlt."
„Du mir auch."

Als hätten sie sich ständig gesehen, fingen beide sofort an sich zu unterhalten.

Nach einigen Sätzen bemerkte Lena den Blick ihres Vaters und sie sagte: „Marlene, du bleibst ein paar Tage. Lass uns in den nächsten Tagen weiter unterhalten, ich muss jetzt noch arbeiten, meinem Vater helfen. Ich freue mich dass du da bist, ich habe oft an dich gedacht".

„Okay, Lena. Das machen wir. Wir haben uns viel zu erzählen!"

Lena lächelte sie an und verschwand.

Marlene hatte sich über diese Begegnung gefreut, sie schmunzelte und füllte das Formular zu Ende aus.

Herr Berens wippte schon ungeduldig auf den Beinen. Als Marlene fertig war, nahm er schnell das Papierblatt entgegen. Ohne es zu kontrollieren legte er das Formular in die Ablage zu anderen Blättern.

Er schnappte sich ihren Koffer und brachte sie zu ihrer Suite. Die schmale Treppe hinauf ging der Wirt voran. Er öffnete die Tür, ging hinein, stellte den Koffer ab, gab ihr den Schlüssel, brabbelte noch etwas von einer guten Nacht und schlurfte hinaus.

Die Suite war klein, aber hell und edel eingerichtet.

Marlene schleuderte ihre Pumps in eine Ecke und zog ihre Kostümjacke aus. Das störte sie ein Wenig an ihrem Job, sie musste sich chic kleiden. Eigentlich liebte sie bequeme und legere Kleidung. Allerdings bemerkte sie die Wirkung, die sie auf Männer hatte, wenn sie ihre teuren und strengen Kostüme trug.

Sie öffnete die oberen Knöpfe der Bluse und warf sich auf das große französische Bett. Marlene lag im halbdunkel. Sie schloss die Augen und kam zu Ruhe.

Marlene musste an die Begegnung am See denken. Hatte Maximilian sie wirklich nicht erkannt? Sie hatte sofort gewusst wer ihr da begegnet war. Gut sah er aus und er war zum Mann gereift. Schon damals hatte er eine Vorliebe für Pferde, obwohl es früher nur ein paar wenige Pferde auf dem Gut gab.
Oder wollte er sie nicht erkennen? Sie wusste nicht, was sie denken sollte.

Maximilians Vater hatte wenig Interesse für das Landleben. Er fühlte sich mehr zum Glücksspiel und den Künsten hingezogen und zu dem dazugehörigen anrüchigen Milieu. Dem lockeren Getue der Frauen war er mehr zugetan als der steifen Art und Etikette seines Standes. Maximilian liebte es als Kind in der Natur herumzutoben….mit ihr.

Schade, dachte Marlene, dass er mich nicht erkannt hat. Sie hatte eine wunderbare Kindheit auf dem Gut verbracht, mit Wehmut dachte sie an diese wunderbare Zeit zurück.

Ihr Vater, der Verwalter des Gutes, war hier genauso zufrieden gewesen wie ihre ganze Familie. Sie lebten wie in einem Märchen, es war eine heile Welt. So wie man sie nur erträumen konnte.

Aber von einem Tag auf den anderen musste sie und ihre Familie das Gut verlassen. Sie hatten kaum Zeit das Nötigste zu packen. Der Rest wurde ihnen später lieblos nachgeschickt.

Erst viele Jahre später erfuhr sie den wahren Grund. Natürlich stimmten die Anschuldigungen nicht, was später aufgeklärt wurde.

Mann hatte ihren Vater beschuldigt Geld veruntreut zu haben. Der Übeltäter war ein Mitarbeiter auf dem Gut, der den Betrug ihrem Vater in die Schuhe geschoben hatte.

Ihr Vater wurde später rehabilitiert und bekam eine kleine Abfindung, was ihn aber nicht über den verloren Posten auf dem Gut hinweggeholfen hatte.

Der wahre Veruntreuer wurde nach seiner Entdeckung zu einer Gefängnisstrafe von drei Jahren Gefängnis verurteilt.

Maximilian und sie hatten sich als Kinder

immer gut verstanden. Zwei Spielgefährten, wie man es nur in diesem Alter sein kann. Sie machten im Sommer die Wälder unsicher und es gab im Umkreis des Schlosses keinen Ort, den sie nicht kannten.

Viele Streiche heckten die beiden aus.

Wenn ihr Vater sie erwischte, schimpfte er laut mit beiden, aber eigentlich amüsierte er sich über das Duo. Solange sie keinen Schaden anrichteten, nahm ihr Vater es gelassen.

Und im Laufe der Zeit, als beide erwachsener wurden, gab es für beide den ersten zarten Kuss.

Fast wie aus Versehen.

Beide waren im ersten Moment überrascht über diese neuen Gefühle.

Aber sie fanden Gefallen daran.

Marlene lag noch auf dem Bett und atmete tief ein. In diesem Moment spürte sie seine Lippen auf den ihren, als würde er vor ihr stehen, wie früher.

Es blieb damals nicht bei den Küssen, ihre Hände erkundeten den Körper des Anderen. Die Gefühle der Beiden wurden immer heftiger.

In den letzten Wochen auf dem Gut wiederholten sich diese Zärtlichkeiten, sie waren wie berauscht.

Glück, pures Glück.

Alles lief auf einen einzigen Punkt hinaus. Der Zeitpunkt war verabredet, beide sehnten sich so sehr danach, sie wollten sich noch näher sein.

Und dann morgens, die Polizei. Vater wurde verhaftet und sie mussten eiligst das Gut verlassen. Keine Zeit mehr miteinander zu reden. Die Trennung ohne Abschied, die jugendliche Unbekümmertheit war verloren, das Märchen zu Ende.

Marlene drehte sich auf die Seite, ihre Augen waren feucht geworden.

Sie musste sich zwingen an morgen, an ihre Arbeit zu denken, weshalb sie hier war.

Und natürlich dachte sie daran, dass sie stolz war auf das, was sie beruflich geschafft hatte. Sie war nach ihrem Studium Assistentin von Dr. Symzik geworden. Es war soweit, sie durfte ihr erstes großes Projekt alleine betreuen.

So wollte es das Schicksal, dass sie in ihre Heimat zurück gekommen ist. Und der Geschäftspartner ihres Chefs war ein Mitschüler von damals, Christian zu Meyer.

Er war ihr nicht sonderlich sympathisch. Ein nicht zu großer Junge, etwas stämmig von Statur. Sie erinnerte sich, dass Christian immer wieder versuchte die Freundschaft von Maximilian zu gewinnen, allerdings mit mäßigem Erfolg. Manchmal machten sich beide lustig über Christians ungeschickte Versuche.

Bis zur Unterzeichnung in der nächsten Woche, musste sie alle Unterlagen kontrollieren.
Okay, reiß dich zusammen, dachte sie.
Schau dir noch einmal deine Aufzeichnungen an und dann ab ins Bett, damit du morgen fit bist.

5

Christian verließ den Gasthof. Er hatte zu seinem letzten Pils zwei Kurze getrunken, nachdem Georg gegangen war.
Lange hatten sie schweigend nebeneinander am Tisch gesessen. Die eine oder andere Idee wurde besprochen, aber nichts war dabei, was sich vielversprechend anhörte. Georg war gegen 23 Uhr aufgebrochen, die beiden hatten sich auf den nächsten Tag vertröstet.

Gegen Mitternacht verließ Christian den Gasthof. Die letzten beiden Gäste saßen am Tresen und unterhielten sich mit schwerem Kopf über die Probleme der Weltwirtschaft und hatten auch für alles Lösungen parat. Christian nickte dem Wirt zu, der gerade auf seine Armbanduhr schaute und war im nächsten Moment durch die Tür verschwunden.

Der Wirt räumte und wischte den Tisch ab. Er schrieb auf den Bierdeckel mit den Strichen und Zahlen das Datum und den Namen. Dann legte er ihn zu den anderen. Spätestens in den nächsten Tagen würde Christian zu Meyer seine Schulden bezahlen. So war es immer und so wird es auch diesmal sein.

Christian ging zum Parkplatz, auf dem sein Geländewagen stand. Auf halbem Weg machte er kehrt und ging zurück Richtung Straße. Die Menge des getrunkenen Alkohols würde bei einer Polizeikontrolle die 0,5 Promillegrenze eindeutig übersteigen. Selbst wenn er etwas getrunken hatte, was nicht oft vorkam, war er so vernünftig, dass er nicht Auto fuhr.

Er bog rechts ab, ging Richtung Straße und schritt die Allee entlang. Bis zu sich nach Hause waren es ungefähr 2,5 Kilometer, eine

Strecke, die er hin und wieder schon gelaufen war. Nach ungefähr 300 Metern, hinter der schmalen Holzbrücke, verließ er die Straße und ging links auf dem schmalen Pfad am Bach entlang.

Der Pfad war ein beliebter Weg für Spaziergänger und dementsprechend ausgetreten. Er schlängelte sich am Bach entlang und wich nur den großen Bäumen oder anderen Hindernissen aus. Der Mühlenbach führte direkt zu seinem Hof.

Es war schon spät geworden. In der Ferne hörte er einen Hund aufgeregt bellen, die Grillen zirpten. Es war eine lauwarme Sommernacht, eine von vielen in diesem Sommer. Über ihm schien der Mond mit seinem diffusen Vorhof, es war Vollmond. Rechts und links warfen die Bäume dunkle Schatten. Leichte Nebelschwaden lagen über den Senken.

Christian war noch sehr aufgewühlt, er wusste immer noch nicht, wie er sein Problem lösen sollte.

Er ging mit langsamen Schritten den Pfad entlang.

Nach einigen hundert Metern kam er an die Stelle, wo vor ein paar Tagen die alte Eiche gefällt wurde. Der Baum war sehr alt und seit einiger Zeit kränkelte er. Die Fachleute waren sich einig, dass die Eiche eine

Gefährdung darstellte und spätestens beim nächsten Sturm eine Gefahr ist.

Aus Sicherheitsgründen musste er gefällt werden. Es gab einige Proteste, doch die Schnelligkeit der Verantwortlichen beendete die Aufregung, obwohl die Gegner der Fäll-Aktion rechtliche Schritte erwogen.

Er setzte sich auf den Stamm und vergrub für ein paar Sekunden sein Gesicht in seinen Händen. Er ließ die Hände über seine Haare gleiten und seufzte. Sein Blick schweifte über den Mühlenbach in die Baumreihe auf die andere Seite des Baches, sein Blick wanderte nach oben.

Dort sah er die Fledermäuse lautlos durch die Baumreihen gleiten.

Plötzlich kam ihm eine Idee, nur Maximilian der Graf konnte ihm helfen. Schließlich kannten sie sich seit der Kindheit und hatten im gleichen Ort das gleiche studiert. Der Gedanke versetzte ihn in eine leichte Euphorie, in ihm keimte Hoffnung.

Ja, dachte er. Hatte Maximilian nicht davon geredet, dass er sich aus der Landwirtschaft zurückziehen wollte, um dafür den Holzanbau auszubauen? Und vor allem sein Pferdegestüt wollte der Graf vergrößern. Vielleicht ist er bereit mir Land zu verpachten.

Allerdings wird er mir sein Land nicht für

zehn Jahre verpachten, aber für ein Jahr und es wird auf unerklärliche weise aus der eins eine zehn.

Ihm war jetzt alles egal, auch wenn er den Grafen betrügen musste.

Ihm war nicht entgangen, dass der Graf immer nett und höflich zu ihm war, er ihn aber nie als seinen Freund betrachten würde. Obwohl er sich so viel und oft bemüht hatte.

Sein Projekt hing am seidenen Faden. Ich werde ihn fragen, gleich morgen Früh.

Das war die Möglichkeit, vielleicht seine Rettung.

Er war hellwach, sprang auf und machte sich eilig auf den Weg nach Hause.

Durch die schnelle Bewegung aufgeschreckt lief ein Tier unter dem Farn davon und gab quiekende Geräusche von sich. Eine kleine Wolke schob sich langsam vor dem Vollmond vorbei.

6

Maximilian saß auf der Terrasse und frühstückte.

Er liebte es im Sommer draußen zu sitzen und ausgiebig die erste Mahlzeit des Tages zu sich zu nehmen. Frische Brötchen, Orangensaft, Rührei mit Schinken und starken Kaffee. Karl kam aus der Tür und brachte die Tageszeitung und die Post, die gerade gekommen war.

Es war ein wunderbarer Tag, so konnte er weitergehen

Der Graf überflog das Bündel mit den Briefen. Da nichts besonders dabei war, legte er die Briefe rechts von sich auf den Tisch und griff zur Zeitung. Karl goss Kaffee nach. Maximilian schaute über den Zeitungsrand über die Rasenfläche zum Haupttor. Das große zweiteilige schmiedeeiserne Tor stand immer offen. Der Weg führte in einem Bogen am Park vorbei direkt zum Haupteingang.

Nachdem er den Zucker umgerührt hatte und wieder seinen Blick in den Wirtschaftsteil der Zeitung versenkt hatte, hörte er das Näherkommen eines Autos.

Das Geräusch des Dieselmotors des Geländewagens wurde lauter. Der Wagen fuhr durch das Tor. Als es am Park vorbeikam, hielt das Fahrzeug und der Fahrer stieg aus.

Er hatte Maximilian auf der Terrasse gesehen und kam gerade auf ihn zu, dabei übersah er das Blumenbeet mit den Geranien. Christian stolperte durch das Beet, ohne dass es ihm auffiel. Er hob von weitem die Hand zum Gruß und lächelte. Eiligen Schrittes hatte er die Rasenfläche überquert, nahm die drei Stufen und betrat die Steinterrasse.

Maximilian hatte ihn die ganze Zeit beobachtet und fragte sich, was Christian so zeitig hier wollte, "Guten Morgen Christian, so früh schon unterwegs?"

„Dir auch einen guten Morgen, ich muss mit dir reden. Hast du ein bisschen Zeit für mich? Und entschuldige die frühe Störung."

„Komm setz dich, auch eine Tasse Kaffee?"

Maximilian drehte seinen Kopf und rief in die rechte Terrassentür, die in die Küche führte, „ich brauche noch eine Tasse für Kaffee". Mit der linken Hand forderte er Christian auf sich zu setzen.

„Mein Guter, was gibt's denn schon so früh?"

Karl brachte das Gedeck, goss den Kaffee ein und stellte die Tasse vor Christian auf den Tisch. Mit einem leichten Kopfnicken verschwand er.

„Du hast mir erzählt, dass du deine landwirtschaftlichen Aktivitäten einschränken willst und dich mehr um deine Wälder und um die Pferdezucht kümmern willst!"

Er rutschte auf seinem Stuhl nervös hin und her.

„Ja schon, aber ich verstehe nicht….."
Christian fiel ihm ins Wort: „Ich bin in Schwierigkeiten. Wegen meiner Biogasanlage. Der Bauer Klumm ist mit seiner Maislieferung abgesprungen und ich finde so schnell keinen Ersatz. Mir fehlen bis zur nächsten

Ernte Mais von einer Anbaufläche von 100 Hektar."

Maximilian lehnte sich zurück und schlug die Beine übereinander und wippte mit dem rechten Fuß.

„Ich weiß nicht wie ich dir helfen soll. Oder meinst du das Land, das ich aus der jetzigen Bebauung herausnehmen will? Die 100 Hektar östlich vom Mühlenbach werde ich umplanen, das wird zwei bis drei Jahre dauern."

Christian hatte unruhig an seinem Kaffee genippt und aufmerksam zugehört.

„Genau das Land meine ich, kannst du mir das nicht für ein Jahr verpachten? Ich mache dir einen guten Preis. Ganz offiziell mit einem Vertrag, du wirst keinen finanziellen Schaden haben. Im Gegenteil, du brauchst dich um den Acker nicht kümmern und kannst deine Energie und Zeit in deine neuen Projekte stecken."

„Du weißt, dass ich kein großer Freund von Biogasanlagen bin, ich halte das für eine Verschwendung von Nahrungsmittelressourcen und für eine Verschandlung der Natur. Im Sommer sieht man nur noch drei Meter hohe Wände aus Mais."

Maximilian schaute in die Ferne.
„Christian, wir sollten ……"

Christians iPhone klingelte.

Nachdem Maximilian ihm erlaubend zunickte, nahm er das Gespräch an.

„Zu Meyer, wer ist da denn", nahm er das Gespräch an, „ach von Dr. Symzek. Natürlich können Sie sofort kommen, meine Sekretärin ist dort im Büro. Ich komme gleich."

Christian hörte zu, nickte ein paar Mal vor sich hin und antwortete: „Gut Frau Bogner, bis nachher, tschüss". Er legte auf.
„Maximilian, was denkst du, du würdest mir nicht nur aus der Patsche helfen, sondern einen riesigen Gefallen tun. Aus alter Freundschaft, bitte."

Maximilian war abgelenkt, der Name der Anruferin von Christians Gespräch hatte ihn aufgewühlt. Bogner, sofort musste er an seine Jugendliebe denken. Ob die Anruferin Marlene war? Aber wieso sollte Christian Kontakt zu Marlene haben?
Er fragte Christian: „Du, sag, der Anruf eben. Diese Frau Bogner, wie alt ist die denn? Wie ist der Vorname?"
Christian war irritiert, er hatte gemeint, der

Graf hätte über sein Anliegen nachgedacht. Wieso fragte er nach Frau Bogner?

„Weiß ich auch nicht. Was ist denn jetzt mit dem Land, soll ich einen Vertrag aufsetzen?"

„Das ist also nicht Marlene, unsere Marlene?"

„Marlene Bogner, die Tochter eures alten Verwalters? Nein, ….glaub ich nicht, keine Ahnung. Ich habe sie noch nicht gesehen. Sie ist die Assistentin eines Geschäftspartners aus Brandenburg. Aber nochmal wegen des Vertrages."
Maximilian war abgelenkt. Seine Gedanken kreisten um Marlene.

„Gut, gut setz den Vertrag auf. Aber nur für ein Jahr und nur, weil du in Schwierigkeiten bist! Und tue mir auch einen Gefallen, erkundige dich über Frau Bogner."

Christian konnte sein Glück nicht fassen.
„Ja, klar mache ich. Vielen Dank Max, Du bist ein wahrer Freund, ich stehe in deiner Schuld. Passt es dir am Montag um 14 Uhr, bei mir im Büro bei der Biogasanlage, zur Unterzeichnung des Vertrages?"

Er war aufgestanden und hatte einen Schritt auf den Grafen zu gemacht.

„Schon gut, aber nur für ein Jahr."

Sie reichten sich die Hände und schüttelten sie.

„Ich melde mich", sagte Christian, drehte sich um und lief strahlend zu seinem BMW Geländewagen. Diesmal sprang er über das Blumenbeet.
Mit durchdrehenden Reifen fuhr er an, am Haupteingang des Schlosses vorbei. Mit einer Staubwolke hinter sich verließ er das Anwesen.

7

Marlene öffnete die Tür des kleinen Büros.

„Guten Morgen, Bogner von Dr. Symzik. Ich bin angemeldet worden."

„Hallo, ich bin Angelika, die Sekretärin von Christian zu Meyer. Ich weiß Bescheid. Kommen Sie herein Frau Bogner, ich habe

Ihnen hier links einen Schreibtisch frei gemacht."

Sie gaben sich die Hand und lächelten sich an.

„Schön, ich brauche alle Unterlagen für den Vertrag. Außerdem alle dazugehörigen Kontrakte."

Die Sekretärin wandte sich ab um alle gewünschten Unterlagen zu holen. Im selben Moment kam Christian ins Büro.

„Moin, Christian zu Meyer, herzlich willkommen Frau Bogner", sagte er und gab ihr die Hand. „Ich sehe, sie haben sich bekannt gemacht. Wenn Sie etwas brauchen sagen Sie es mir oder Angelika."

„Guten Tag, ich freue mich auch", antwortete Marlene und schaute ihn freundlich an. Sie hatte Christian sofort erkannt. Jemand aus ihrer Vergangenheit.
Damals ein Junge, der unbedingt Maximilians Freund sein wollte und der nie aufgab, sein Vorhaben zu verwirklichen, auch wenn sie und Maximilian von ihm genervt waren.

„Ich werde alle Unterlagen kontrollieren, aber ich gehe davon aus, dass alles in Ordnung ist. Und dann bin ich auch schon wieder verschwunden. Der Unterzeichnung wird nichts im Wege stehen."

„So sehe ich das auch", meinte Christian, „aber noch etwas anderes".

Marlene schaute ihn fragend an.
„Sind Sie oder vielmehr bist du nicht Marlene, Marlene Bogner, die Tochter des alten Gutsverwalters?"

Ein Lächeln huschte über ihr Gesicht.
Er hatte sie tatsächlich erkannt, aber auch nur, weil Maximilian stutzte, als er den Namen hörte.

„Was für ein Zufall, nach so langer Zeit. Bestimmt über zehn Jahre her" ‚meinte er.

„Zwölf, um genau zu sein."

„Tja, auf einmal warst du verschwunden. Da war doch die Sache mit deinem Vater… unangenehm… für dich!"

Marlene empfand die Bemerkung als unhöflich und wollte sich mit Christian nicht weiter darüber unterhalten. Sie hatte ihn noch nie gemocht, vor allem seine verschlagene Art nicht.

„Ja, lange her. Dann fang ich mit der Durchsicht an. Wir können ja ein anderes Mal über alte Zeiten reden."

Sie lächelte ihn an und ging zu ihrem Schreibtisch.

Christian nickte und verließ das Büro. Er wollte einen Rundgang machen und seine Biogasanlage inspizieren und vor allem seine Arbeiter. Höchstwahrscheinlich hatten die sich irgendwohin verkrochen um zu rauchen oder die Zeit totzuschlagen.

„Überbezahltes faules Pack", zischte er.

Er dachte an Marlene und war sich nicht sicher, ob ihre Anwesenheit zu seinem Vorteil oder Nachteil war.

Aber vielleicht konnte sie ihm noch nutzen.

Vor zwölf Jahren war sie ihm eher in die Quere gekommen, als er sich um die Freundschaft zu Maximilian bemühte.

Ständig waren die beiden zusammen, benahmen sich wie ein Pärchen. Was hatte er nicht alles versucht, aber an Marlene kam er nicht vorbei.

Die beiden waren dickste Freunde und später, als sie alle Teenager waren, hatte er das Gefühl, dass die beiden ineinander verliebt waren.

Als Marlene auf einmal verschwunden war, hatte er sich zwar intensiv um Maximilian bemüht, aber wieder ohne Erfolg. Maximilian wurde immer verschlossener, wollte zu niemandem mehr Kontakt. Er wurde zunehmend aggressiver und rebellierte gegen alles.

Damals hatte er geahnt, dass solche Frauen mit dem Aussehen und Klasse nichts an ihm finden. Das konnte er nur mit Geld wettmachen. Bald würde es soweit sein, bald würde das Geld sprudeln.

Dann konnte er sich alles kaufen, auch die feinen hochnäsigen Frauen.

Alles hat seinen Preis.

Er spuckte auf den Boden, und grummelte: „Scheiß Weiber."

Unterdessen blätterte Marlene in den Unterlagen, die für den Verkauf der Biogasanlage relevant sind. Es schien alles vorhanden zu sein. Zwischendurch rechnete sie ein paar Zahlenkolonen nach, alles war in Ordnung.

„Bitte", sagte Angelika, als sie die Tasse Kaffee auf Marlenes Schreibtisch stellte.

„Vielen Dank", antwortete sie, lächelte Christians Sekretärin an und war sofort wieder in den Unterlagen vertieft.

Sie wollte sich zum Schluss den Ordner mit den Lieferverträgen vornehmen. Als sie auf ihre Uhr schaute, sah sie, dass es nach zwölf Uhr war.

„Angelika, es ist Mittagszeit und für heute werde ich Schluss machen, geben Sie mir doch einen Büroschlüssel und ich werde am Samstag den Rest durchschauen."

„Ja, mache ich. Ich mache auch gleich Feierabend", antwortete Angelika. Aus einer Schublade nahm sie einen Schlüssel und gab ihn Marlene. Sie steckte ihn ein, stand auf und legte die Ordner auf ihrem Schreibtisch ordentlich zurecht. Marlene wünschte Angelika ein schönes Wochenende und verließ das Büro.

8

Die Gräfin betrat die Terrasse.
„Das war doch Christian zu Meyer, was fällt dem ein. Der ist wie ein Trampeltier durch mein Geranienbeet gelaufen. Ein ungehobelter und unkultivierter Mensch, war er schon immer. Genau wie seine Eltern. Ich

hoffe, du hast nichts mit dem zu tun. Mach bloß keine Geschäfte mit dem".

Kopfschüttelnd ging sie weiter auf den Rasen, Richtung Rosenbeet.
Maximilian hatte nicht auf seine Mutter geachtet und sich hingesetzt, er beugte sich etwas nach vorne. Sein Blick wanderte über den Boden.
Er war aufgewühlt.
Er schloss seine Augen und sah Marlene. Wie sie lächelte und diese unbeschreibliche Magie in ihrem Blick, wenn sie ihn anschaute. In diesem Moment konnte er sie riechen, als ob sie neben ihm stehen würde. Er hatte das Gefühl, sie ist da. Sanft lächelte er. Schon wollte er seine Hand heben um sie zärtlich zu berühren.

In den letzten Jahren war es ihm gelungen die Gedanken an Marlene zu verdrängen. Er hatte fortwährend versucht seine Gefühle als jugendliche Schwärmerei abzutun. Es gelang nie. Er sagte sich immer wieder, dass er erwachsen sei und er sie nie wieder sehen würde. Aber half es?

Er konnte es sich nicht verzeihen, dass er in den ersten Jahren nach Marlenes Verschwinden nichts unternommen hatte, um sie zu finden. Als er es versuchte, waren alle

Spuren unbrauchbar, es gab keinen Hinweis auf den Verbleib der Familie Bogner.

Er konnte sich erinnern, dass der wahre Schuldige gefasst wurde. Die Bogners waren unschuldig, aber alle waren in Verruf gekommen.

Er war auf seine Eltern böse gewesen, dass sie den alten Verwalter nicht zurückgeholt hatten und damit auch Marlene. Seiner Mutter war die Nähe des Teenagers sowieso suspekt.

Oft hatte sie ihn angesprochen, ob er auch aufpasse. Nicht, dass er sich etwas hole. Er achtete nicht darauf und damals verstand er auch gar nicht, was sie meinte.

Sein Vater war inzwischen verstorben, außerdem hatte er ihn fast nie gesehen und mit seiner Mutter hatte er nie darüber geredet, für sie hätte eine bürgerliche Schwiegertochter nicht gezählt. Da war sie sehr konservativ.

Maximilian hatte nicht verstanden, dass Marlene sich nicht gemeldet hatte. Kein Brief, kein Anruf. Schließlich hatten sie sich ein Versprechen gegeben. Er hatte davon geträumt Marlene zu seiner Frau zu machen.

Später hatte er viele Frauen kennengelernt, sie aber immer mit Marlene verglichen.

Keine konnte diesem Vergleich auch nur annähernd Stand halten.

Als er Anfang zwanzig war, hatte er sich wegen seines Verlustes von einer Beziehung in die nächste gestürzt.
Er war wie betrunken auf der Suche nach einer neuen Marlene, die es natürlich nicht gab. Immer wieder und immer wieder.
Irgendwann hatte er sich damit abgefunden, dass er seine Jugendliebe nie wieder sehen würde.

Nur einmal, als es ein bisschen gelang, seine Liebe zu vergessen, lernte er Charlotte kennen, die Tochter des Freiherrn von Roth. Sie verstanden sich zuerst fabelhaft. Seine Mutter war begeistert, schließlich war Charlotte adelig.

In Düsseldorf wurden jedes Wochenende ausschweifende Partys gefeiert. Die Reichen, die Adeligen und die Schönen.

Als Maximilian älter und reifer wurde, fing er an über sich nachzudenken. Er hatte sein Studium nach acht Semestern abgeschlossen. Eigentlich musste er nach dem Tod seines Vaters das Gut übernehmen. Auch seine Mutter versuchte ihm klar zu machen, dass er Verantwortung übernehmen muss.

Und er entschloss sich dazu. Er kam immer öfter aufs Gut und fing an das Landleben zu schätzen, so wie früher. Langsam verstand er, dass es eine große und vielschichtige Aufgabe war das Gut zu leiten.

Die ganzen Jahre hatte sich seine Mutter mit unterschiedlichen Verwaltern um alle Belange des Guts gekümmert. Seine Mutter war glücklich als sie sah, dass sich ihr einziger Sohn seiner Rolle als Graf bewusst geworden war.

Endlich war ihr die Bürde genommen Entscheidungen für das große Anwesen zu treffen. Wie oft hatte sie Angst gehabt etwas falsch zu machen.

Sehr schnell hatte Maximilian erkannt, dass man, wirtschaftlich gesehen, das Gut in fast allen Bereichen verbessern konnte. Er war bereit das Anwesen für die Zukunft aufzustellen.

Auch wenn Charlotte hin und wieder mitkam, er konnte ihr seine Liebe zur Natur nicht vermitteln. Sie sahen sich seltener und lebten sich auseinander. Charlotte langweilte sich auf dem Gut und mit seiner Mutter und ihren Blumen wusste sie wirklich nichts anzufangen.

Ihr fehlten die Partys und die vielen Menschen, auch wenn die sehr oberflächlich waren. Auch konnte sie hier ihrer Leidenschaft des Shoppens nicht nachgehen, selbst in der nächsten Kleinstadt gab es nicht ein Geschäft, das ihren Ansprüchen genügte.

Sie ist ein Stadtmensch und wird es bleiben.

Vor einem halben Jahr beendete Maximilian die Beziehung, zum Leidwesen seiner Mutter. Auch Charlotte war nicht begeistert. Einen Grafen zu heiraten wäre in Adelskreisen eine erhebliche Steigerung des Ansehens gewesen. Zumal ihre Eltern dem unteren, nicht sehr reichen Adel angehörten.

Vielleicht handelte es sich bei der Frau Bogner um eine Verwandte und sie konnte ihm einen Hinweis geben, dachte Maximilian.
Er musste an Christians Telefonat denken und sagte sich, dass er auf jeden Fall mit dieser Frau sprechen will. Er musste noch ein paar Dinge erledigen und würde dann sofort zu Christians Biogasanlage fahren. Er beendete sein Frühstück.
Die Zeitung so gut wie ungelesen.
Er stand auf, wollte in sein Büro gehen, drehte sich um und schaute in die Ferne.
Maximilian hatte ein Gefühl wie früher.
Er wusste, etwas passiert.

9

Nachdem Maximilian seine Büroarbeiten erledigt hatte, klappte er seine Unterschriftenmappe zu und fuhr seinen Laptop herunter. Um alles weitere würde sich nachmittags seine Bürokraft kümmern. Der ganze Papierkram war ihm lästig, aber leider notwendig.

Er ging ins Bad, machte sich frisch und zog sich in seinen Wohnräumen ein neues Hemd an. Ein Blick auf seine Uhr zeigte ihm, dass die Mittagszeit bereits angefangen hatte, er musste sich beeilen.

Hoffentlich war die Assistentin von Dr.

Symzik noch in Christians Büro. Maximilian wünschte, diese Frau zu sprechen und möglicherweise etwas über Marlene zu erfahren. Vielleicht waren sie verwandt. Der Name Bogner kommt auch nicht so oft vor, dachte er sich.

Die Treppe hinunter laufend nahm er zwei Stufen auf einmal. Er riss die große Haustür aus schwerem Holz auf und stürzte in Richtung seines Roadsters und sprang über die geschlossene Tür auf den Fahrersitz.

Im Frühling hatte er nicht widerstehen können und hatte sich den roten Jaguar F-TYPE mit einem V8 Motor geleistet. Dieses Kraftpacket mit 495 PS war nach seinem Geschmack und er hatte den Kauf noch nicht bereut. Auch wenn fast 100.000 € eine Menge Geld sind.

Er drückte den Anlassknopf und schon spürte er die Kraft, die ihm zur Verfügung stand, das Vibrieren ging ihm durch den Körper.

„Super", entfuhr es ihm.

Langsam fahrend verließ er den Hof und rollte zur Landstraße.

Als er auf der Asphaltstraße war, tippte er vorsichtig das Gaspedal an. Schon schoss der Wagen davon, in knapp fünf Sekunden zeigte sein Tacho einhundert Stundenkilometer an.

„Wow", lächelte der Graf und wurde in die Ledersitze gedrückt. Wie ein kleiner Junge sich über sein Spielzeug freut, so freute sich Maximilian über seins.

Im nächsten Moment musste er das Tempo drosseln, das gelbe Ortsschild tauchte vor ihm auf. Durch den ganzen Ort fahrend bog er auf den Landweg ein, der zu der Anlage von Christian führte.

Maximilian parkte sein Auto auf dem kleinen Parkplatz vor Christians Anlage, sprang aus dem Wagen und stürmte in das Büro.

Die Sekretärin erschrak und blickte den Grafen mit großen Augen an.

„Was gibt's Herr Graf?"

„Hallo Angelika, wo ist Frau Bogner?"

„Oh, die ist schon zu Tisch und ich glaube auch nicht, dass sie heute hier noch einmal herkommt. Wir haben heute Freitag. Da ist gleich für diese Woche Schluss. Ich gehe auch um eins, Wochenende.

Wir haben alle noch genug zu tun, schließlich ist Erntedankfest. Heute Abend geht's los. Drei Tage feiern, unser Damenkegelklub ist wie immer an vorderster Stelle dabei."

„Ah, okay. Wissen Sie wo Frau Bogner Mittagessen wollte?"

„Herr Graf, viele Möglichkeiten gibt's hier ja nicht, das wissen sie doch. Und da die feine Dame im Jagdhof nächtigt, wird sie da sicherlich auch essen. Die geht bestimmt nicht in Axels Imbiss, denk ich mal. Auch wenn ich das Essen dort gut finde".

Das war ein Argument, Maximilian musste schmunzeln. Die freie Art der Menschen hier auf dem Land verblüffte ihn immer wieder.

Er bedankte sich bei Angelika für die Auskünfte und nahm sich vor sofort zu dem Gasthof zu fahren. Dort wird er Frau Bogner bestimmt antreffen.

„Kommen sie denn auch", fragte Angelika?

Der Graf drehte sich noch einmal um und schaute sie fragend an.

„Na, zum Erntefest."

„Natürlich, da bin ich doch immer", lächelte er sie an und verließ das Büro.

So oft bist du auch nicht da, dachte sie sich.

So ein schicker Mann auf einem Dorffest und dann noch adelig, der könnte sich vor willigen jungen Frauen kaum retten. Ledig ist er auch noch, was für Möglichkeiten. Angelika hörte auf zu träumen und tippte den letzten Brief zu Ende.

Schnell hatte der Graf seinen Wagen gewendet. Er fuhr mit überhöhter Geschwindigkeit direkt zum Jagdhof und parkte auf dem

Parkplatz. Ein Pärchen, das zu ihrem Auto ging, blickte neidvoll herüber. Sie zu ihm und er zu seinem Roadster.

Nachdem er den Parkplatz überquert hatte, schritt er zur Eingangstür des Lokals. Er betrat die Wirtsstube und ging direkt auf den Wirt zu. Der war damit beschäftigt die Zahlen einer Rechnung auf seinem Block zusammen zu zählen. Als er aufschaute, sah er dem Grafen ins Gesicht.

„Oh Herr Graf, …..was kann ich für Sie tun? Möchten Sie zu Mittag essen?"
„Hallo, nein, nein, nur eine Frage, bei Ihnen logiert doch eine Frau Bogner, wo kann ich sie finden?"
„Frau Bogner isst zu Mittag auf der Terrasse, draußen", antwortete der Wirt und zeigte auf die offene Terrassentür.
Maximilian bedankte sich mit einem Kopfnicken und ging zur Tür.

Mehrere Tische waren belegt, aber nur an einem saß alleine eine Frau. Er ging mit großen Schritten auf den Tisch zu.

Da saß sie. Er stand vor ihrem Tisch und schaute in ihr lächelndes Gesicht. Sie hatte ihn schon eher bemerkt, als er die Terrasse betrat.
Maximilian war geschockt. Wie erstarrt

stand er da. Seine Lippen bewegten sich, ohne dass ein Ton zu hören war.

Marlene war da, er hatte sie gefunden. Wo er so nahe vor ihr war, erkannte er sie sofort.

Er hatte das Gefühl, sein Herz würde gleich aufhören zu schlagen. Maximilian musste sich an der Lehne des vor ihm stehenden Stuhls festhalten.

Und Marlene?

Sie strahlte ihn mit ihren Augen an und lächelte immer noch.

„Muss ich hier auch in fünf Minuten verschwinden?" fragte sie ironisch.

„Du, ... du warst das am See?" stammelte er.

„Ja, im Gegensatz zu dir habe ich dich sofort erkannt."

„Aber du warst so aufgebracht und schnell verschwunden, ich konnte nicht einen Satz sagen."

Marlene stand auf und gab ihm rechts und links ein Küsschen.

„Schön dich zu sehen, Maximilian."

„Ich bin so glücklich, dich gefunden zu haben."

Er fasste sie mit seinen starken Händen

an den Schultern, dass es ihr schmerzte.

Marlene schaute ihn ungläubig an, wieso sagte er das.

An ihr hatte es nicht gelegen, dass sie sich jetzt erst wiedersahen.

Nachdem ihre Familie nach den schrecklichen Ereignissen in Süddeutschland Fuß gefasst hatte, schrieb sie ihm mehrere Briefe. Auf keinen gab es eine Antwort. Irgendwann schrieb sie nur noch Karten zu den Feiertagen und zu seinem Geburtstag. Jahre später ließ sie es ganz.

Langsam entspannte er sich und ließ sie los.

„Wo hast du gesteckt? Ich habe dich so lange gesucht. Bitte, mach mit mir einen Spaziergang. Du musst mir alles erzählen und vor allem erklären."

Er schaute sie bittend an mit seinen großen Augen. Wie damals als Kind, dachte Marlene.

Sie nickte. Mit dem Mittagessen war sie fertig. Beide gingen die Allee mit den großen Buchen entlang. Es war angenehm warm und ein leichtes Lüftchen wehte

10

Christian kontrollierte seine Biogasanlage. Es war kurz vor 13 Uhr. Dass Maximilian kurz vorher hier gewesen war, hatte er nicht mehr mitbekommen.

Er hoffte, dass sein Vorhaben aufgeht und er in einer Woche die Früchte seines perfiden Plans ernten konnte.

Widerwillig machte er sich auf den Weg das Maislager zu inspizieren, er schaute auf seine Rolex. Seine goldene Uhr blitzte im Sonnenlicht und zeigte ihm an, dass es zwei Minuten nach dreizehn Uhr war. Er suchte eine Stelle von wo er die Bürotür sah. Immer wieder schaute er Richtung Büro.

In diesem Augenblick verließ Angelika den Geschäftsraum, ging zu ihrem Auto und fuhr davon.

Auf diesen Moment hatte Christian gewartet. Er ging zum Büro und schloss es auf. Er ließ seinen Computer hochfahren und startete sein Schreibprogramm. Er entwarf einen Vertrag, wie er es mit Maximilian verabredet hatte.

Einen Pachtvertrag für einhundert Hektar mit einer Laufzeit von einem Jahr. Er speicherte die Datei und kopierte sie. In der Kopie änderte er einen entscheidenden Teil. Aus der eins machte er eine zehn. Er war zufrieden und druckte den Vertrag gleich zehnmal aus.

In seinen Unterlagen hatte er eine alte Einladung von Maximilian gefunden, mit einer persönlichen Unterschrift zu seinem 26. Geburtstag.

Auf einem Blatt Papier versuchte er die Unterschrift zu kopieren. Immer wieder, als er nach dem zwanzigsten Versuch halbwegs zufrieden war, versuchte er es auf dem ausgedruckten Vertragsblatt.

Nach nur vier Versuchen war er zufrieden. Er ging mit dem gefälschten Vertrag zu dem Ordner mit den Lieferverträgen und heftete ihn ein. Sobald Christian das Original unterschrieben hatte, würde er die Fälschung austauschen und alles wäre in Ordnung.

Ja, du bist ein schlaues Bürschchen, dachte er. Jetzt brauchte er Maximilian nur noch dazu zubringen den falschen Vertrag zu unterschreiben. Er war sich sicher, dass er das schaffen würde.

  Er schaltete den Computer aus und verbrannte seine Unterschriftenversuche und die zu viel ausgedruckten Verträge in einem Metallpapierkorb. Nachdem er sich noch einmal umgeschaut hatte, verließ er das Büro.

  Voller Zuversicht blickte er in Zukunft.

11

  Ein Pärchen auf Fahrrädern kam ihnen entgegen und grüßte.

  Maximilian hatte Marlene mit seiner Hand leicht am Oberarm angefasst, als hätte er Angst, dass sie sich plötzlich in Luft auflöst und wieder verschwindet.

  Nach ein paar Minuten sagte er: „Marlene, warum hast du dich nie gemeldet, warum bist du nicht zu mir aufs Schloss gekommen?"

  In seiner Stimme klang Verzweiflung.

  Wieder hatte sie das Gefühl, dass irgendetwas nicht passte.

  Sie hakte nach: „Maximilian, Moment, du hast doch auf meine vielen Briefe und Karten nicht geantwortet!"

„Wie bitte?", er blieb stehen und schaute sie entgeistert an.

„Welche Briefe, ich habe nie Post von dir bekommen."

Sie erzählte ihm, wie oft sie ihm geschrieben hatte und nie eine Antwort erhalten hatte.

Maximilian schüttelte den Kopf und konnte es nicht glauben, die Post war nie bei ihm angekommen. Hätte er auch nur einen Brief erhalten wäre er auf der Stelle zu ihr gefahren.

Allmählich beschlich ihn eine Ahnung. Sollte seine Mutter ihm die Briefe vorenthalten haben?

Er hatte früher den Eindruck gehabt, dass sie Marlene mochte. Er äußerte Marlene seinen Verdacht. Auch Marlene war fassungslos und erstaunt.

So bekam alles einen Sinn und beide fingen an zu verstehen. Wie viel Zeit war ihnen genommen worden.

Maximilian legte seinen Arm um ihre Schulter, sie setzten ihren Spaziergang fort und fingen an, sich über ihre Vergangenheit auszutauschen. Beide erzählten sich ihre Geschichte und schwärmten von der gemeinsamen Zeit.

Sie hatten die Holzbrücke erreicht, die

über den Bach führte. Beide standen am Geländer und blickten in das fließende Wasser.

Er drehte sich zur Seite und umarmte sie.

„Ich habe mich so sehr nach dir gesehnt und endlich, wo ich es schon nicht mehr erwartet habe, bist du da."
„Mir geht es genauso, wie oft habe ich an dich gedacht."

Ihre Lippen kamen sich näher, sie berührten sich, der erste Kuss nach so langer Zeit. Zärtlich fuhr seine rechte Hand über ihre Haare. Die Finger seiner linken berührten ihre weiche Haut.

Mit geschlossenen Augen genoss Marlene jede Berührung, jede Sekunde.

Nach Minuten der Zärtlichkeit, schauten sie sich an und küssten sich erneut. Ohne zu reden machten sie sich auf den Rückweg.

Eine innige Vertrautheit braucht keine Worte mehr. Beide empfanden Liebe und Geborgenheit.

Sie betraten den Gasthof wortlos und gingen die schmale Treppe hinauf zu ihrer Suite.

Das Versprechen sollte sich erfüllen.

12

Es war Samstagmorgen. Marlene und Maximilian hatten sich noch einmal umarmt und geküsst. Vorsichtig öffnete er die Tür. Es war sechs Uhr morgens, Maximilian schlich aus dem Gasthof. Beide hatten sich vorgenommen ihre Beziehung erst einmal geheim zu halten. Ganz leise, im Schritttempo, rollte er vom Parkplatz und fuhr davon.

Marlene duschte bereits. Sie war glücklich, als hätte sich plötzlich der Vorhang für eine neue Zukunft geöffnet. Sie hatte ihr altes Leben zurück. Ihre wehmütigen Träume schienen sich zu erfüllen.

Nachdem sie sich abgetrocknet hatte, dachte sie an die letzten Stunden zurück.

Als beide ihr Zimmer erreicht hatten, gab es kein Halten mehr. Zärtlichkeiten, Küsse und Liebkosungen. Wie im Rausch gaben sie sich hin und liebten sich. Alles war viel schöner als sie gehofft hatten. Sie erneuerten ihr Versprechen und sie wollten nie mehr ohne den anderen sein.

Ermattet wachten sie im Abendgrauen auf, voller Glück.

Marlene bestellte eine Kleinigkeit zum Essen. Sie stellten das Tablett auf das Bett, Maximilian entkorkte den gekühlten Rose. Sie aßen, tranken und lachten. Beide freuten sich wie damals als Kinder. Eine tiefe Vertrautheit.

Marlene und Maximilian lagen oder saßen auf dem Bett und redeten und redeten. So viel hatten sie sich zu erzählen und noch mehr redeten sie über ihre Zukunft. Die gemeinsame Zukunft. Eng umschlungen genossen sie die letzten Stunden der Nacht.

Beglückt zog sie sich am anderen Morgen an, diesmal legerer. Eine Jeans, ein T-Shirt und Sneakers würden heute ausreichen. Sie wollte noch kurz in Christians Büro um die letzten Unterlagen zu überprüfen. Sie glaubte nicht, dass sie dort so früh jemanden antreffen würde. Danach würde sie das ganze Wochenende Zeit haben für ihre Liebe und diesmal würde sie ihr Glück mit beiden Händen festhalten.

Beschwingt ging sie zu ihrem Auto und machte sich auf den Weg zu Christians Büro.

Dort angekommen machte Marlene sich am Schreibtisch sitzend an die Arbeit. Sie brauchte nur noch den Ordner mit den Lieferantenverträgen für den Mais kontrollieren. Sie sah sich die einzelnen Blätter an und addierte die Anzahl der Hektar, zum Schluss musste die Zahl 1000 herauskommen. Die Rechnung stimmte. Aus Neugierde sah sie sich die Namen der Landwirte an, die die Anlage für die nächsten zehn Jahre beliefern wollten.

Umso erstaunter war sie, den Namen von Auenbach zu lesen. In dem Vertrag stand, dass der Graf 100 Hektar Land an Christian für zehn Jahre verpachtet hatte.

Plötzlich öffnete sich die Tür und Christian kam herein.

„Moin, Marlene. Habe dein Auto draußen gesehen. So früh schon bei der Arbeit?"

Christian war nicht erfreut Marlene im Büro anzutreffen.

Er wollte die Verträge für Maximilian ausdrucken. In seinen Unterlagen hatte er den Vertrag mit dem Grafen gefälscht um sie später auszutauschen. Er konnte nicht ahnen, dass Marlene so eifrig bei der Arbeit war und am Samstagmorgen hier auftauchen würde.

Ich muss mir etwas einfallen lassen, dachte er sich. Hauptsache, die unterhalten sich nicht über mein Vorhaben, aber erst einmal weiß Maximilian noch nicht, dass Marlene hier ist.

Davon ging er aus, er wusste nicht, dass

die beiden sich längst getroffen hatten.

„Ja, ich will schnell fertig werden, es ist schließlich Erntefest. Außerdem will Dr. Symzik schnell grünes Licht von mir bekommen."

Christian hatte auf seinem PC die Dateien gefunden und druckte sie aus.

Er ging zum Drucker um die Seiten in Empfang zu nehmen, immer einen Blick auf Marlene gerichtet, nicht, dass sie noch sah, was er hier machte. Er nahm die Blätter, warf einen flüchtigen Blick darauf und legte sie sorgsam in eine Mappe.

In diesem Augenblick wurde es draußen sehr laut und im gleichen Moment stieß ein Mitarbeiter die Bürotür auf und kam keuchend herein.

„Chef, gut, dass sie da sind, schnell, kommen Sie mit. Die Förderanlage......"

Schon hatte er sich umgedreht und lief zurück, ohne dass jemand verstehen konnte, was passiert war.

Christian warf die Mappe auf den Tisch und lief dem Mann hinterher.

„Halt, warte, was ist denn passiert?"

Die Mappe rutschte über den gesamten Schreibtisch an das andere Ende, wo sie halb über die Tischplatte hinüber ragte.

Marlene war auch aufgesprungen und wollte zur offenen Tür gehen um nachzuschauen, was passiert war.

Als sie an Christians Schreibtisch vorbeiging, streifte sie mit ihrer Hüfte die Mappe.

Diese machte sich selbstständig und fiel herunter. Sie öffnete sich und vier Blätter verteilten sich auf dem Boden. Marlene erschrak sich und hielt an.

Automatisch bückte sie sich um die Blätter aufzuheben um sie zurück in die Mappe zulegen.

Sie wollte sie ordnen und sah so, was auf dem Papier stand. Es waren zwei Verträge mit jeweils einer Durchschrift. Beide waren Vereinbarungen zwischen Maximilian und Christian und fast identisch. Der einzige Unterschied war die Pachtdauer, der eine für ein Jahr, der andere aber für zehn Jahre.

Marlene stutzte, ein ähnlicher Vertrag über zehn Jahre Pacht lag doch schon unterschrieben bei den von ihr kontrollierten Unterlagen.

Ihr war nicht entgangen, dass Christian nicht sehr erfreut war über ihre Anwesenheit heute Morgen. Sehr eigenartig, dachte sie.

Bestimmt geht es um ein anderes Geschäft zwischen den beiden; geht mich nichts an, folgerte sie.

Sie legte die Mappe auf den Schreibtisch. Sie packte ihre Notizen zusammen und beschloss zu gehen. Mit der Durchsicht der Akten war sie fertig geworden.

Draußen kam ihr Christian entgegen und schaute sie fragend an.

„Schon fertig?"

„Ja genau. Ich habe alles kontrolliert und im Moment scheint alles in Ordnung zu sein. Dann noch einen schönen Tag, Christian."

„Danke", sagte er und ging eilig zum Büro. Schnell sah er nach der Mappe, es fehlte nichts. Er war erleichtert und glaubte nicht, dass Marlene in der kurzen Zeit einen Blick auf die Papiere geworfen hatte.

Hoffentlich treffen sich die beiden nicht und teilen sich mit.

Die Frau könnte zu einer Bedrohung werden, er musste sich etwas einfallen lassen. Irgendwie hatte er ein komisches Gefühl. Eine innere Stimme schien ihm zu sagen, dass er auf Marlene besonders achten sollte. Nicht, dass sie ihm noch in die Quere kommen sollte.

Er hatte eine Idee.

Ich muss unbedingt Charlotte anrufen und ihr erzählen, dass Maximilians alte Liebe hier ist. Wenn ich daran denke wie aufgelöst er war, als er den Namen Bogner gehört hatte. Da weiß ich doch, der himmelt sie immer noch an, dachte sich Christian.

Schon hatte er sein Handy in der Hand und wählte Charlottes Nummer.

Er wusste, dass sie sich nicht damit abgefunden hatte keine Gräfin zu werden. Sie würde sich sofort aufmachen um ihrer Nebenbuhlerin Paroli zu bieten. Auch wenn Maximilian ihre Beziehung beendet hatte, so war sich Christian sicher, hat Charlotte noch lange nicht aufgegeben ihn für sich zu gewinnen.

„Hallo Charlotte, hier ist Christian zu Meyer, ich habe Neuigkeiten für Sie und die werden Ihnen nicht passen. Da bin ich mir sicher, es geht um Maximilian. Hier ist eine liebe alte Freundin aufgetaucht. Ich weiß, der Graf ist Ihnen nicht gleichgültig."

Am anderen Apparat hörte er ein Schlucken.

Christian war sich sicher, dass die Freiin Charlotte von Roth spätestens in ein paar Stunden hier auftauchen würde. Von Düsseldorf waren es knapp drei Stunden Fahrzeit. Sie wird den Grafen schon beschäftigen, so leicht gibt die bestimmt nicht auf, dachte Christian.

13

Charlotte hatte noch lange nicht aufgehört daran zu glauben Maximilians Frau zu werden. Schließlich hatte sie über zwei Jahre

Zeit in den Grafen investiert. So einfach wollte sie sich nicht abspeisen lassen, lange genug hatte sie sich ständig etwas von Pferden und Landwirtschaft anhören müssen.

Nicht zu vergessen, die bedeutungslosen Aufenthalte in diesem langweiligen Dorf. Dazu noch diese Feste mit den trotteligen Menschen.

Charlotte wollte Gräfin werden und nicht nur das, sie wusste, dass die von Auenbachs ein riesiges Vermögen angesammelt hatten. Dieses Geld hat nur auf mich gewartet um ausgegeben zu werden, dachte sie sich.

Sie hatte sich ausgiebig von Christian erklären lassen wer diese Marlene ist. Eigentlich glaubte sie nicht, dass diese Frau eine Gefahr sein könnte, aber Christian hörte sich beunruhigt an.

Also machte sie sich sofort auf die dreistündige Fahrt auf. Auch wenn Maximilian meint, er müsste in ihrer Beziehung pausieren, so würde sie in der Lage sein einer Landschönheit ihre Grenzen aufzuzeigen.

Der werde ich es zeigen, schließlich fließt in meinen Adern blaues Blut, dachte Charlotte und drückte das Gaspedal ihres Wagens nach unten.

Am frühen Nachmittag erreichte sie das Gut der von Auenbachs.

Die Gräfin war überrascht aber hocherfreut Charlotte zu sehen. Sie musste ihr leider mitteilen, dass sie Maximilian gerade verpasst hatte. Der war auf dem Weg zum Festplatz des Erntefestes, wo die Feierlichkeiten mit dem Eintreffen des Umzuges und des Erntekönigs für den heutigen Tag eingeläutet wurden.

Die Gräfin bestand darauf, dass Charlotte auf dem Schloss nächtigen müsse, falls sie länger bliebe.

Charlotte beließ es auf ein wenig Konversation, zum Leidwesen der Gräfin und machte sich auf den Weg zum Fest.

Vor dem Zelt stand der Graf umringt von einigen Honoratioren. Charlotte hatte ihn sofort gesehen und ging geradewegs auf ihn zu. Ohne, dass der Graf Zeit hatte, es zu unterbinden, umarmte Charlotte Maximilian. Dabei beließ sie es nicht, sie küsste ihn und strich ihm durchs Haar.

„Da bist du ja mein Liebster, ich habe dich vermisst", juchzte sie.

Die Spitzen der dörflichen Gesellschaft schauten sich schmunzelnd an. Sie hatten die Freiin in den letzten drei Jahren des öfteren gesehen und wussten nicht, dass der Graf nicht mehr mit Frau von Roth leiert war.

„Guten Tag Charlotte", sagte der verdutzte Graf und lächelte sie an, „was willst du denn hier?"

Die Herren meinten, sie müssten das Paar

alleine lassen, nickten dem Grafen respektvoll zu und gingen.

Charlotte hatte ihn inzwischen erneut umarmt und zog ihn zu sich herunter um ihn erneut zu küssen.

In dem Augenblick, wo Charlotte auf Maximilian zurannte, betrat Marlene den Festplatz, auch sie hatte den Grafen sofort gesehen.

Nachdem Marlene am Morgen Christians Büro verlassen hatte, war sie zum Gasthof zurückgekehrt. Sie wollte sich noch ein wenig ausruhen und eine Kleinigkeit essen bis sie ihren Geliebten wiedersah. Beide hatten sich zu 14 Uhr auf dem Festplatz verabredet. Außerdem brauchte Marlene Zeit, sich besonders hübsch zu machen für den Mann, den sie liebte und den sie endlich wiedergefunden hatte.

Sie hatte sich ein leichtes Sommerkleid zurechtgelegt und ein Paar Sandaletten mit kleinem Absatz. Dazu kam ein leichtes Makeup und ein frischer Duft, alles der Jahreszeit entsprechend. Ein letzter zufriedener Blick in den Spiegel, sie lächelte sich an. Schnell ging sie Treppenstufen hinunter und dann zum Ernteplatz.

Marlene hatte den Festplatz betreten und sah in ihrem Petit Fleur Kleid bezaubernd aus, was die vielen Blicke der Männer bestätigten. Bei den Frauen waren es eher neidische Blicke, die sie aber auch als Kompliment annahm. Sie wollte geradewegs zu Maximilian gehen, als sie die junge Frau erblickte, die den Grafen umarmte und küsste.

Augenblicklich stoppte sie und konnte nicht glauben, was sie sah. Maximilian schien diese Frau sehr gut zu kennen und er ließ sich die Küsse und Zärtlichkeiten der Frau sichtlich gefallen.

Er hatte ihr doch versichert, dass er seit über einem halben Jahr keine Beziehung zu einer Frau mehr hat. Sollte er sie wirklich angelogen haben? War das Wirklichkeit, was sie gerade erlebte?

Marlene stand wie angewurzelt. Langsam ging sie ein paar Schritte zurück, sie fühlte sich wie in Trance. Neben sich hörte sie zwei ältere Frauen.

„Och ist das ein schönes Paar, ich wünsche der Frau Gräfin so sehr, dass sie endlich eine Schwiegertochter bekommt."

„Ja, wie Recht du hast und natürlich auch Enkel. Die Frau hab ich schon ein paarmal gesehen, ich weiß aber nicht wer das ist. Schulten Gerti hat gemeint......!"

Mehr hörte Marlene nicht. Tränen schossen ihr in die Augen, sie drehte sich um und ging so schnell sie konnte Richtung Gasthof.

Es war schon fast ein Rennen. Unterwegs

rempelte sie aus Versehen mehre Menschen an, die ihr empört nachschauten. Ein Paar schüttelten ihren Kopf, und wenige gaben laut ihrem Unmut zum Ausdruck.

So stolperte Marlene wie im Rausch die Strecke entlang bis sie endlich die großen Eichen vor dem Gasthof erblickte.

Angekommen ließ sie sich ihren Schlüssel geben und sagte, dass sie für niemanden zu sprechen sei. Sie hastete die Treppenstufen hinauf, rannte den schmalen Flur entlang bis zu ihrer Zimmertür. Nach dem dritten Versuch schob sie den Schlüssel ins Schloss und öffnete die Tür.

Die Tür schob sie mit dem rechten Fuß zur Seite und als sie die Suite betrat, warf sie die Tür mit einem kräftigen Schwung zu.

Marlene warf sich auf ihr Bett und vergrub ihr Gesicht in das Kopfkissen. Sie fing bitterlich an zu weinen. Warum meinte das Schicksal es so gemein mit ihr?

14

Maximilian war von Charlottes offener Art wie immer angetan, sie konnte Menschen faszinieren, in ihren Bann bringen. Das war ein Grund warum er sich damals in sie verliebt hatte.

Sie war nicht nur sehr schön, sondern auch sehr kommunikativ. Er ließ sich eine Zeit von ihr mitnehmen in die Welt der Konversationen und der Schmeicheleien. Immer wieder kamen Menschen auf beide zu, unterhielten sich, es wurde getrunken.

Es herrschte eine ausgelassene Stimmung, alle feierten. Für viele war das Erntefest der feierliche Höhepunkt des Jahres. Alle lachten und eine lustige Geschichte löste die andere ab.

Das Wetter spielte mit, die Sonne schien heiß herab und verstärkte die Wirkung des genossenen Gerstensaftes. Nach mehreren getrunkenen Bieren, die ihm immer wieder in die Hand gedrückt wurden, schaute er auf seine Armbanduhr.

Die Zeit war schnell vergangen, es war bereits viertel nach vier.

Maximilian erschrak und schaute über die Köpfe der Menschen, die ihn umringten, auf den Festplatz. Marlene war nicht zu sehen. Wo blieb sie nur? Sie hatten sich am frühen Morgen auf 14 Uhr geeinigt, dann wollten sie sich treffen. Für den Notfall hatten sie ihre Handynummern ausgetauscht.

Er ließ sich weiter von Charlotte ablenken. Sie hatte stets ein Auge auf den Grafen und

war darauf bedacht ihn bei Stimmung zu halten. Sie war sich ihrer Wirkung auf Menschen bewusst und konnte die Reaktionen ihrer Mitmenschen genau einordnen.
Mit einer Leichtigkeit wusste sie ihre Mitmenschen zu manipulieren.

Maximilian schaute immer häufiger auf seinen Chronografen und allmählich wurde er unruhig. Er fing an sich Sorgen zu machen. Eigentlich hatte er einen sehr zuverlässigen Eindruck von Marlene. Wäre ihr etwas dazwischen gekommen, hätte sie sich bei ihm bestimmt gemeldet.
Zwischendurch wandte er sich ab, nahm sein Handy und versuchte Marlene anzurufen. Keine Antwort. In immer kürzeren Zeitabständen probierte er es, sie nahm nicht ab.

Charlotte übte mit ihrem Aussehen und ihrer Art eine große Anziehungskraft auf Männer aller Altersgruppen aus. Sie war umringt von einer Traube sie anhimmelnder Menschen, nicht nur Männer waren von Charlotte beeindruckt. Sie genoss so viel Aufmerksamkeit, sie lachte und strahlte.

In einiger Entfernung, an einem der vielen Bierstände, stand Christian und schaute sich das Geschehen an. Er amüsierte sich, sein Plan schien zu funktionieren.

Maximilians Sorge nahm überhand. Er machte Charlotte ein Zeichen, das ihr bedeutete, dass er gleich wieder kommen würde. Sie nickte und scherzte sofort mit ein paar jungen Burschen weiter.

Der Graf wandte sich ab und versuchte so schnell wie möglich den Platz zu verlassen. Ständig wurde er von sich anbiedernden Menschen aufgehalten. Freundlich versuchte er sich nach ein paar herzlichen Sätzen zu verabschieden und weiter zu gehen.

Nach einiger Zeit hatte er es endlich geschafft und ging die Allee hinunter in Richtung Gasthof. Vielleicht hatte ihre Arbeit länger gedauert und Marlene war noch in ihrer Herberge um sich frisch zu machen, dachte er. Eilig legte er die Strecke zurück.

Angekommen fragte er nach Frau Bogner.

„Frau Bogner ist vor zwei Stunden auf ihr Zimmer."

„Dann los, melden sie mich an."

„Das geht nicht, Frau Bogner hat ausdrücklich gesagt, dass sie nicht gestört werden möchte."

„Aber…"

„Von niemandem", entgegnete der Wirt energisch.

„Herr Berens, bitte tun sie mir den Gefallen und rufen Sie Frau Bogner an", bettelte Maximilian.

Der Wirt war überrascht, so verzweifelt hatte er den Grafen noch nie erlebt. Graf von Auenbach wirkte sonst sehr beherrscht und selbstsicher. Manchmal machte er sogar einen arroganten Eindruck.

„Na gut, ich kann es ja mal probieren", knurrte der Wirt und hob den Telefonhörer auf. Er wählte die Nummer des Zimmers und wartete ein paar Sekunden.

Keiner nahm ab!

Der Wirt zuckte mit den Schultern und legte auf.

Der Graf starrte ihn an. Was passiert hier gerade, dachte er sich.

Ungläubig schüttelte er leicht seinen Kopf.

Der Gastwirt blickte ihn an.

Nach einiger Zeit drehte sich Maximilian um, ging zu einem kleinen Tisch im hinteren Bereich des Lokals. Er setzte sich auf einen Stuhl, der an der Wand stand. Von hieraus konnte er direkt auf die Treppe sehen, die von den Zimmern herabführte.

Wenn Marlene den Gasthof verlassen wollte, musste sie diese Treppe herunterkommen.

Hier bleibe ich solange sitzen bis ich mit ihr geredet habe. Ich will wissen, was los ist, dachte er und starrte auf die Treppe.

15

Lena beobachtete die ganze Zeit Maximilian.

Er starrte die meiste Zeit auf die Treppe und wartete. Niemand der Gäste, die kamen und gingen, wagten den Grafen anzusprechen, auch wenn sie ihn kannten.

Alle merkten, dass er mit niemandem reden wollte. Mittlerweile saß er über drei Stunden auf seinem Platz.

Berens, der Wirt, hatte ihm die vierte Tasse Kaffee gebracht. Mehrmals hatten sich Lena und ihr Vater angeschaut und in Richtung Grafen geblickt. Abwechselnd zuckten beide mit den Schultern und schüttelten den Kopf.

Lena war traurig.

Sie hatte damals gesehen wie verliebt beide waren und wie unglücklich Maximilian war, als Marlene verschwand. Ein paar Mal hatte sie versucht mit ihm über Marlene zu reden, aber er wollte nicht, wechselte sofort das Thema.

Umso mehr hatte sie sich gefreut, als sie bemerkte, dass sich beide wieder gefunden hatten. Auch war ihr nicht entgangen, dass sie die letzte Nacht zusammen verbracht hatten. Sie hatte sich für beide so sehr gefreut.

Was war nur plötzlich passiert. Ich muss Maike und Tanja fragen, ob sie etwas auf dem Festplatz mitbekommen haben, dachte Lena, als sie die beiden am anderen Ende des Tresens entdeckte. Die beiden waren dafür bekannt über alles Neue im Dorf unterrichtet zu sein. Ihr fiel auf, dass sie sich angeregt unterhielten und ständig zum Grafen schauten.

Die beiden Klatschmäuler waren sofort begeistert, dass sich jemand für ihre Neuigkeiten interessierte und erzählten alles, was ihnen wichtig schien.
So erfuhr Lena, dass Charlotte, die Exfreundin von Maximilian, auf dem Platz aufgetaucht war und sich sofort an den Grafen herangemacht hatte. Beide hätten in einer Traube von Menschen auf dem Festplatz gestanden und gefeiert. Sie meinten, dass das bestimmt zwei Stunden angedauert hatte, bis plötzlich der Graf eilig das Gelände verlassen hatte.

Allmählich schien Lena zu verstehen, bestimmt hatte Marlene die beiden gesehen und die Situation falsch gedeutet.

Sie lächelte, sie wusste plötzlich, dass sie sich einmischen musste um das Glück der beiden zu kitten.

Lena sprach kurz mit ihrem Vater und deutete an, dass sie beiden Freunden helfen musste. Durch ein Kopfnicken stimmte er zu.

Sie machte sich auf den Weg in den ersten Stock, wo die Hotelzimmer lagen. Vor Marlenes Zimmertür angekommen atmete sie tief durch und klopfte.

Nichts passierte.

Ihr zweites Klopfen war energischer. Lena meinte Geräusche zu hören. Leise rief sie Marlenes Namen und nannte ihren.

„Marlene, hier ist Lena. Ich muss unbedingt mit dir reden. Es gibt viele Neuigkeiten. Mach bitte die Tür auf und lass mich rein."

Nach ein paar Sekunden antwortete Marlene:

„Ich mache nur auf, wenn du alleine bist!"

„Ich bin alleine, ich muss dringend mit dir sprechen."

Sie hörte, wie sich der Schlüssel im Schloss drehte. Die Tür öffnete sich einen Spalt breit und Lena schaute in verheulte

Augen.
Lena schob die Tür auf und nahm Marlene in den Arm.

„Es kommt alles wieder in Ordnung", hauchte sie in Marlenes Ohr.

Sofort schossen Marlene die Tränen in die Augen.

„Nein, nein Alles ist aus, Maximilian liebt eine andere. Ich habe es selber gesehen", schluchzte sie.

Lena versuchte ihre Freundin zu beruhigen, indem sie sie noch fester drückte.

„Du irrst, es ist alles ganz anders. Lass mich rein und ich werde dir alles erklären."

Marlene nickte und beide gingen ins Zimmer und schlossen die Tür.
Nachdem sich beide nebeneinander auf das Bett gesetzt hatten, fing Lena an zu erzählen, was sie gerade erfahren hatte.

Von Satz zu Satz hellten sich Marlenes Gesichtszüge auf, bis sie sogar anfing zu lächeln.

Alles, was Lena erzählte, ergab einen

Sinn. Es dauerte nicht lange und ein aufgeregter Meinungsaustausch begann.

Es ging hin und her, bis beide öfters anfingen zu lachen.

„Ja Marlene, die Männer sind doch so einfach zu becircen und nur so hat Charlotte es geschafft, dass du einen falschen Eindruck hattest", meinte Lena und Marlene nickte.

„Sie gibt einfach nicht auf, obwohl Maximilian sich vor einem halben Jahr von ihr getrennt hat, das hat er mir damals selber erzählt".

Sie einigten sich, dass Maximilian genug gelitten hat. Lena sollte nach unten gehen und ihm sagen, dass Marlene ihn erwartet.

Noch einmal umarmten sich beide. Sie lächelten sich an und Lena machte sich auf den Weg, um Maximilian zu erlösen.

Mit schnellen Schritten lief sie den Flur entlang zur Treppe, zwei Stufen auf einmal nahm sie nach unten.

Unten angelangt sah sie vor sich am hinteren Tisch Maximilian sitzen. Ein Häuflein Elend. Es schien, als hätte er seit Tagen nicht geschlafen. Seine Augenränder waren aufgequollen und ganz dunkel.

Mittlerweile hatte er sich einen doppelten Cognac bestellt und getrunken. Aber die erhoffte Wirkung des Alkohols schien auszubleiben.

Lena ging auf ihn zu. Zuerst bemerkte Maximilian sie nicht.

Als sie vor seinem Tisch stand, sah er sie und schaute die Wirtstochter müde an.

„Hallo, du sollst sofort zu Marlene kommen."

Ungläubig, sogar erschrocken schaute er sie an.

„Was?", fragte er argwöhnisch.

„Ich habe mit ihr geredet und konnte sie überzeugen dich anzuhören. Also vermassele es nicht, sonst kriegst du es mit mir zu tun."

Stotternd fing er einen nicht zu verstehenden Satz an, winkte ab und nahm Lena in den Arm. Es hatte gedauert bis er begriff, was Lena gesagt hatte.

Maximilian rannte los.
Zu Marlene.

16

Schnell war Maximilian die Treppe hinauf gestürmt.

Lena lächelte, sie war glücklich ihren Freunden geholfen zu haben. Beim Tischabräumen dachte sie daran, dass sich beide durch ein Missverständnis fast wieder verloren hätten.

Und Charlotte, was hatte die denn plötzlich hier verloren? Im Gespräch mit den beiden Tratschen hatten sie erwähnt, dass sie gehört hatten, das Charlotte sich bei Christian bedankt hatte, weil er ihr Bescheid gesagt hatte. Wieso hatte Christian sie angerufen und auf Marlene hingewiesen?

In ihren Gedanken versunken brachte sie das eingesammelte Geschirr in die Küche und kehrte hinter den Tresen zurück.

Durch das Erntefest waren wenige Gäste im Jagdhof und Lena war sich sicher, dass sie bald Feierabend machen würde. Sie wischte mit einem feuchten Tuch über die Platte des Tresens, als plötzlich die Tür aufgestoßen wurde.

Charlotte polterte herein, schaute hektisch um sich und stellte sich dann an den Tresen.

„Hallo, Bedienung", rief sie, schaute dabei herausfordernd zu Lena herüber.

Lena warf ihren Kopf in den Nacken und fixierte sie. Sie hatte sofort Marlenes Gegenspielerin erkannt. Langsam ging sie Richtung Charlotte und stellte sich ihr direkt gegenüber, nur durch den Tresen getrennt.

„Guten Abend, was darf es sein?", fragte sie.

„Ein Bier und einen Korn, oder lieber ein Glas süßen Schaumwein?"

Lena schaute ihr provozierend in die Augen.

Charlotte giftete zurück, sie hatte gemerkt, dass Lena ihr in gereizter Stimmung entgegen trat.

„Sag, war der Graf von Auenbach hier?", zischte sie.

Lena schaute sie grinsend an.

Für ihren Geschmack hatte Charlotte ein Wenig zu viel Makeup aufgelegt. Zu viel Rouge, zu viel Lippenstift. Und das bei dieser Hitze. Auch wenn Charlotte sicherlich gute und teure Kosmetikprodukte benutzte, so sah sie bei dieser Wärme leicht speckig aus.

„Natürlich habe ich Maximilian gesehen, wieso?"

„Mädchen, muss ich dir alles einzeln aus der Nase ziehen? Wann und wo ist er jetzt?

Weißt du nicht wer ich bin?", keifte Charlotte.

„Natürlich weiß ich wer Sie sind Frau von Roth. Die Exfreundin von Maximilian sind Sie, das weiß hier doch jeder. Die Ex!"

Trotz Makeup konnte man sehen wie sich die Hautfarbe veränderte, in ein starkes zorniges Rot.

Lena freute sich und schmunzelte.

Charlotte rang nach Worten.

„Eigentlich geht es Sie ja nichts an, aber bevor sie sich noch mehr aufregen, werde ich Ihnen etwas verraten, Frau von Roth."

Sie machte eine Kunstpause und Charlotte machte mit weit aufgerissen Augen einen fragenden Gesichtsausdruck.

„Maximilian ist bei seiner zukünftigen Ehefrau. In Marlene Bogners Suite. Und da möchten sie auch nicht gestört werden, Sie können sich sicherlich vorstellen warum.

Das verliebte Paar hat anderes im Sinn als sich von Ihnen besuchen zulassen.

So, ich wünsche noch einen schönen Abend und gute Rückreise.

Ihr Besuch in unserem schönen Ort ist jetzt bestimmt zu Ende. Oder doch einen kleinen Sekt zur Beruhigung?"

Lena wandte sich ab und ging an das andere Ende des Tresens.

Charlotte schien zu erstarren, soweit waren die beiden schon?

Hochzeit?

Ich bin zu spät, dachte sie.

Sie musste sich eingestehen, dass sie Maximilian endgültig verloren hatte. Dann habe ich hier nichts mehr zu suchen, soll beide der Teufel holen, dachte sie.

Wer weiß wofür es gut ist, noch bin ich jung und sehe verdammt gut aus. Ich werde etwas viel besseres finden als diesen langweiligen Grafen hier in dieser Pampa mit den ganzen Dorftrotteln.

Charlotte drehte sich forsch um und ging polternd hinaus.

Lena musste laut lachen. Auch wenn das mit der zukünftigen Frau etwas vorausgegriffen ist. Und doch glaubte sie, wird es so kommen.

17

Maximilian klopfte vorsichtig, aber energisch an die Tür des Hotelzimmers, gleichzeitig rief er leise und zärtlich Marlenes Namen und flehte: „ Bitte Marlene, öffne die Tür. Lass mich doch rein, wir müssen reden. Bitte!"

Nachdem er noch mehrmals geklopft hatte, hörte Maximilian, wie sich der Schlüssel im Schloss drehte und er bemerkte, wie sich Schritte von der Tür entfernten.

Langsam ging seine Hand zum Türknauf. Er öffnete vorsichtig die Tür und betrat unsicher das Zimmer.

Im halbdunkel sah er die Silhouette Marlenes in der Mitte des Zimmers stehen.

Der Wohnraum der Suite war schwach beleuchtet. Eine Nachttischlampe schien aus dem anliegenden Schlafzimmer in das Zimmer und hinter Marlene leuchtete der Vollmond durch das große Fenster in den dunklen Raum.

Vorsichtig und sehr langsam ging er auf Marlene zu. Mit jedem Schritt war ihr Schluchzen lauter zu hören.

Als er vor ihr stand sah er wie sie tief atmete und ihre Brust schwer bebte. Im fahlen Licht des Mondes funkelten ihre feuchten verweinten Augen.

Sie hob ihren Blick und schaute Maximilian an. „Verzeih mir, ich bin eine Idiotin. Was habe ich nur für dummes gedacht, ich hätte sofort zu dir gehen sollen. Ich habe mich aufgeführt wie ein Teenager", schluchzte sie.

„Nein, nein, Du konntest das mit Charlotte nicht wissen. Es musste für dich auf dem Fest aus der Ferne so aussehen als würde ich mich mit einer anderen Frau amüsieren. Wenn jemand um Verzeihung bitten muss, bin ich das."

Sie umarmten sich. Sanft strich er über ihr Haar und Marlene fühlte sich unendlich geborgen.

Mit leichtem Druck zog er sie an sich. Sie schauten sich tief in die Augen und beide wussten, dass ihre Liebe stark genug war die Missverständnisse zu überwinden.

Sanft berührten sich ihre Lippen, sie küssten sich zärtlich. Immer wieder strich seine Hand über ihren Rücken.

Nach einiger Zeit nahm er ihre Hände in seine und ging einen halben Schritt zurück. Maximilian kniete vor Marlene nieder. Er schaute zu ihr hoch und sagte mit leiser Stimme: „ Ich brauche dich so sehr."

Tränen rollten über ihr Gesicht, sie hauchte: „Ich dich auch, ohne dich kann ich nicht leben."

„Marlene, bitte werde meine Frau", flehte er sie an und fuhr fort: „ Auch wenn wir uns so lange nicht gesehen haben, wusste ich es sofort, als wir uns wieder trafen. Es ist wie früher und ich will dich nie wieder missen."

Sie schaute lächelnd zu ihm herab und

sagte:

„Oh du mein Geliebter, das ist das, was ich immer erträumt habe. Du machst mich so glücklich, ja, ich will deine Frau werden. Ich liebe dich."

Sie drückte Maximilian ganz fest an sich. Nach einer kurzen Weile zog sie ihn zu sich nach oben.

Sie küssten sich, zärtlich bedeckte er ihr Gesicht mit Liebkosungen.

Ein laues Lüftchen strich durchs Zimmer und der Vollmond schien noch heller zu scheinen als sonst.

18

Am nächsten Tag wachten sie spät am Vormittag auf. Eine glückliche und zärtliche Nacht lag hinter ihnen. Ihre Liebe war so wunderbar. Es war mehr als Begierde, auch wenn sie gierig und leidenschaftlich aufeinander waren, war es großartig und emotional in dieser Nacht. Es war alles so harmonisch, wie es idealer nicht sein konnte.

Sie hatten nach dem Aufstehen geduscht

und ausgiebig gefrühstückt. Albern neckten sie miteinander und fühlten sich unglaublich wohl.

Es war ein schöner sonniger Tag, geschaffen dafür, die letzten Stunden des Volksfestes gemeinsam zu genießen. Sie zeigten allen auf der Festwiese und im Festzelt ihr Glück.

Freundliche Gesichter begegneten ihnen überall. Beide unterhielten sich mit vielen Menschen. Den einen oder anderen kannte Marlene noch von früher.

Sie aßen die obligatorische Bratwurst auf der Hand. Am Schießstand schoss Maximilian unter Marlenes Anfeuerung mehrere rote Plastikblumen und einen knuddeligen braunen Plüschbären. Marlene konnte gar nicht mehr aufhören sich zu freuen.

Beide waren so glücklich.

Auf dem Weg zum Festzelt verschenkte Marlene die roten Plastikblumen bis auf eine an vorbeikommende Mädchen, die sich freuten.

Im Zelt tanzten sie zur nachgespielten Schlagermusik der Tanzmusikgruppe „ Hot Music " mehrere Tänze und hatten ihren Spaß. Die Dämmerung hatte sich in Dunkelheit verwandelt und betrunken vor Glück machten sie sich auf den Weg zum Schloss.

Die Festwiese hatte sich geleert, es wurde nur noch im Zelt gefeiert.

Nach ein paar Schritten kamen ihnen Arm in Arm zwei angetrunkene Männer entgegen.

„Hallo Graf Max", lallte einer und beide grinsten, „nicht nur die Mädels gehen zusammen aufs Klo, wir beide machen das auch." Wieder grinsten beide und hielten sich gegenseitig fest.

„Hey, bist du nicht Marlene?", stammelte Björn. Marlene nickte und lächelte.

„Meine Herren, aus dem unscheinbaren dürren Mädchen ist ja eine richtig heiße Schnitte geworden. Das hätte ich nie gedacht".

Beide starrten sie mit offenem Mund und glasigem Blick an.

„Ich schon! Hallo Kevin, hallo Björn. Habt ihr nicht genug getrunken und müsst allmählich nach Hause?" antwortete Maximilian.

Er kannte beide noch aus der Grundschule und obwohl beide längst verheiratet waren und Kinder hatten, waren sie seit der Schulzeit unzertrennliche Freunde geblieben, was in der heutigen Zeit nicht immer üblich ist.

Kevin antwortete: „ Nö, nö. Wir gehen jetzt zur Sektbar, zu unseren Frauen. Da fangen wir an zu feiern."

Kaum gesagt, torkelten sie auf das Zelt zu.

„Auwei, wenn das nur gut geht", meinte Marlene.

„Mach dir keine Sorgen, so feiern die seitdem sie 15 sind", antwortete Maximilian.

Er legte den Arm um ihre Schultern und beide schlenderten zum Parkplatz.

Maximilian fuhr den Wagen gekonnt auf

die Hauptstraße. Er hatte den ganzen Abend keinen Alkohol getrunken.

Marlene legte den Kopf in den Nacken und schaute in die klare Nacht in den Sternen bedeckten Himmel, nur unterbrochen von den Ästen der dicken Eichen, die an beiden Straßenseiten standen. Sie genoss die laue Sommernacht, nur der Fahrtwind wehte durch ihr Haar.

Viel zu schnell war dieser Moment zu Ende, Maximilian lenkte das Cabriolet auf das Schlossgelände und parkte vor dem Haupteingang. Schon sprang Maximilian aus dem Auto und lief um den Wagen um ihr die Tür zu öffnen.

Kaum war sie ausgestiegen packte er sie und trug sie die zehn steinernen breiten Stufen zum Haupteingang hinauf. Mit dem rechten Knie schob er die schwere Holztür auf, ging mit Marlene über die Türschwelle und sagte: „ Wie sich das gehört."

Er ließ sie herab und Marlene küsste Maximilian leidenschaftlich.

„Guten Abend ihr beiden", sagte die Gräfin. Sie stand auf der gegenüberliegenden Seite der Eingangshalle und lächelte beide an.

Erschrocken schauten sich die Liebenden um.

Sie erkannten die Gräfin.

Ihre Schritte hallten in der Eingangshalle,

als sie aufeinander zugingen. Die Gräfin gab Marlene die Hand und sagte: „ Hallo Marlene, ich habe schon gehört, dass du wieder hier bist."

Marlene lächelte.

Die Gräfin nahm Maximilian in den Arm und drückte ihn kräftig.

„Auch dir einen guten Abend, Mutter. Gut, dass wir uns treffen. Heute Mittag als ich meine Kleidung gewechselt habe, warst du nicht im Schloss."

„ Ich war mit der Vorsitzenden der Kirchengemeinde zum Essen", erwiderte die Gräfin.

Maximilian war aufgeregt.

„Ich muss dir etwas sehr wichtiges sagen", sagte er schließlich.

Fragend schaute die Gräfin ihren Sohn an.

„Ich habe Marlene gefragt, ob sie meine Frau werden will…. und sie hat ja gesagt."

Das kam sehr überraschend für die Gräfin, sie war erstaunt. Der Gräfin gingen rasend schnell sehr viele Gedanken durch den Kopf. Früher hatte sie Marlene immer sehr gerne gemocht.

Als die Geschichte mit ihrem Vater passierte, tat es ihr sehr Leid für Marlene und für die ganze Familie.

Sie hatte sich eine adelige Schwiegertochter gewünscht, es gab noch nie eine Bürgerliche in der Familie. Sie wusste, dass Maximilian anders darüber dachte. Aber vor allem wusste die Gräfin, dass Maximilian schon immer in Marlene verliebt war.

Er hat alle anderen Frauen, die ihm begegneten, mit ihr verglichen und keine konnte diesem Vergleich Stand halten. Sie ahnte, wenn sie diese Heirat nicht akzeptieren würde, würde sie Maximilian, ihr einziges Kind, verlieren.

Nach ein paar Sekunden lächelte sie und sagte: „Marlene, herzlich Willkommen in unserer Familie.

Auch wenn ich gewollt habe, dass Maximilian eine Adelige heiratet. Marlene, ich habe dich immer gemocht und die Liebe, die euch verbindet, ist das stärkste Argument für eure Heirat. Ich wünsche euch das Beste."

Maximilian war sprachlos. Seine Mutter war einverstanden, das hatte er sich so einfach nicht vorgestellt. Er war glücklich und umso mehr liebte er seine Mutter dafür.

Die Gräfin umarmte beide.

„Lasst uns morgen Abend gemeinsam essen und auf diese Neuigkeit anstoßen. Ich wünsche euch eine gute Nacht."

Marlene und Maximilian nickten glücklich.

Die Gräfin drehte sich um und machte sich auf in ihre Privaträume, die im Erdgeschoß lagen. Auf dem Weg dachte sie, ich muss ein Auge auf Marlene haben. Ich muss ihr noch viel beibringen, sie kennt sich in unseren Kreisen nicht aus. Von der Etikette des Adels hat sie bestimmt keine Ahnung.

Allerdings musste sie sich eingestehen, dass sie sich freute auch wenn sie einen Kompromiss eingehen würde.

Endlich würde das Schloss mit Leben erfüllt sein und hoffentlich haben beide vor viele Kinder zu haben. Sie hatte es genossen, als Maximilian ein Kind war, dass viele Spielkameraden auf dem Schloss waren.

Sie schloss die Tür hinter sich und ging weiter zum Schlafzimmer.

Sie hatte Maximilian damals die Briefe von Marlene vorenthalten. Weil sie das beste für ihn wollte. Sie meinte, dass der Kontakt zu Marlene ihm nicht gut getan hätte.

Sie hatte alle Briefe ungelesen vernichtet und sie konnte sich nicht mehr erinnern aus welchem Ort die Post gekommen war.

Sie nahm sich vor mit beiden zu reden und sich dafür zu entschuldigen. Sie empfand es selber als nicht richtig, was sie getan hatte. Sie musste sich eingestehen, dass für sie selber die gleichen moralischen Maßstäbe gelten müssen wie sie sie bei anderen erwartet.

Ich werde mir ihren Stammbaum vornehmen, vielleicht finde ich doch noch einen entfernten adeligen Verwandten, überlegte die Gräfin.

Aber trotz allem werde ich Marlene im Auge behalten.
Vorsichtshalber!

19

„Ich bin so glücklich", schrie Marlene in die Welt. Sie saß auf dem Beifahrersitz in Maximilians offenem Sportwagen.

Der Graf lächelte und lenkte gekonnt den schnellen Wagen um die engen Kurven. Auch an diesem Montagmorgen war wieder ein herrlicher Sommertag. Marlenes Haare wehten im Fahrtwind und in ihrer Sonnenbrille spiegelten sich die Bäume. Sie strahlte, sie hatten den ganzen Sonntag gefeiert, es war alles perfekt.

Beide hatten auf dem Schloss übernachtet und Maximilian brachte seine zukünftige Frau zum Hotel. Sie hatten an diesem Morgen noch einiges zu erledigen bevor sie ihr Glück weiter genießen konnten.

Der Graf bog von der Straße ab und hielt vor der Eingangstür des Gasthofes. Marlene beugte sich zu ihrer Liebe vor und küsste ihn.

Nachdem sie ausgestiegen war, lächelte Marlene Maximilian an, als sie die Wagentür zuschlug. Sie wartete bis er auf die Straße gefahren war und hinter den großen alten Eichen verschwand.

Schmunzelnd ging sie zur Eingangstür des Gasthofes und betrat das Hotel. Sie hatte sich vorgenommen auf der Terrasse des kleinen Hotels noch einen Espresso zu trinken. Es war ein so wundervoller Sommertag. Es war warm und sie war so glücklich wie noch nie in ihrem Leben.

Sie und Maximilian hatten spät gefrühstückt und sich dabei ausgiebig Zeit gelassen. Auf der großen Schlossterrasse zu sitzen war ein großartiges Gefühl gewesen. Sie hatte schon früher den Garten geliebt, er war wunderschön.

Marlene betrat die Außenanlage des Gasthofes und fand abseits einen Tisch mit bequemen Korbstühlen.

Vielleicht treffe ich Lena und kann mich bei ihr bedanken und ihr das Neueste erzählen, dachte sie und freute sich.

Es dauerte nicht lange und Lena tauchte auf. Sofort bemerkte sie ihre alte Schulfreundin, freudestrahlend ging sie auf Marlene zu.

„Hallo Lena, hast du Zeit für mich, ich habe dir so viel zu erzählen. Du kannst dir gar nicht vorstellen, was passiert ist. Es war ein so tolles Wochenende."

„Ja, du musst mir alles erzählen, ich hole uns noch etwas zu trinken und sage unserer Aushilfe Bescheid. Was möchtest du?", fragte Lena.

„Espresso."

Lena verschwand und tauchte nach ein paar Minuten mit dem Kaffee wieder auf. Sie stellte die beiden Tassen auf den Tisch und setzte sich.

Sie lächelte Marlene an und meinte: „ So, jetzt habe ich ganz viel Zeit für dich. Du musst mir alles erzählen, jedes Detail."

Marlene nickte aufgeregt, schon steckten sie ihre Köpfe zusammen und das Getuschel fing an. Zwischendurch mussten sie sich immer wieder umarmen oder laut und herzhaft lachen. Beide waren sich sehr vertraut, als wären die letzten 12 Jahre nicht gewesen.

Vor allem, als Marlene von dem Heiratsantrag erzählte und dass sie ihn angenommen hatte, war kein Halten mehr. Sie umarmten sich und küssten sich auf die Wangen. Lenas Freude kam von Herzen und das merkte Marlene sofort. So sollte es unter Freundinnen sein, dachte die zukünftige Gräfin.

„Was du für mich getan hast, werde ich dir nie vergessen. Freundschaft hat nichts mit Zeit zu tun. Wir haben uns schon immer gemocht und diese Zuneigung war sofort wieder da, als wir uns nach so langer Zeit wieder gesehen haben. Ich bin darüber so glücklich."

„Mir geht es genauso, ich bin so froh, dass du wieder da bist. Ich habe oft an dich gedacht. Ich bin so glücklich, dass du und Maximilian endlich zueinander gefunden habt. Für mich habt ihr schon immer zueinander gehört."

Sie hatten sich die Hände gegeben und Marlene drückte kräftig zu, fast hätte Lena aufgeschrien.

Aber den größten Spaß hatten beide, als Lena von Charlottes Abgang erzählte. Marlene musste viel lachen, dass sie Tränen in den Augen hatte. Vor allem lag das an der witzigen Art und Weise wie Lena die Situation und das Gespräch mit Charlotte schilderte.

Lachend meinte sie: „ Die hättest du mal sehen sollen mit ihrem Getue, hochnäsig und gleichzeitig lächerlich."

So ging das Gespräch zwischen beiden noch eine Weile, bis Marlene andeutete, dass sie leider ihr gemeinsames Beieinander beenden muss.

Trotz allem hatte Marlene noch eine Aufgabe zu erledigen und ihren Job zu beenden. Sie wollte ihre Arbeit für Dr. Symzik zu Ende bringen und mit der nötigen Genauigkeit. Sie bedankte sich noch einmal bei Lena.

Beschwingt ging sie auf ihr Zimmer, dabei musste sie sich zwingen nicht ständig an Maximilian zu denken. Bald war sie die Gräfin, was sie sich schon immer erträumt hatte.

Als sie an ihrem Schreibtisch in der Suite saß, klappte sie ihren Laptop auf. Auf der rechten Seite hatte sie den Papierstapel mit ihren Notizen und ein paar Kopien von Unterlagen aus Christians Büro.

Sie sah die Papiere über den Verkauf Christians Biogasanlage an ihren Chef Dr. Symzik durch. Es schien alles in Ordnung zu sein. Wie am ersten Tag hatte sie nichts zu bemängeln. Der Zustand der Anlage war hervorragend und an den Zulieferverträgen für den Mais war nichts zu beanstanden.

Sofort machte sie sich daran den Abschlussbericht für ihren Boss zu tippen.

Plötzlich hörte sie auf zu schreiben und überlegte.

„ Wieso hat Maximilian mir nicht erzählt,

dass er das Land für zehn Jahre an Christian verpachtet hat? Ich habe den Vertrag gesehen!"

Sie drehte den Kopf nach links und schaute aus dem Fenster.

„Maximilian hat gesagt, er braucht das Land ab dem nächsten Jahr für den Biofutteranbau und ich soll mich doch um die Vermarktung kümmern", dachte sie.

Marlene musste an die Blankoverträge denken, die aus Christians Mappe gefallen waren, als sie in seinem Büro war. Warum will Maximilian sich gleich um 14 Uhr mit Christian treffen? Um welche Vereinbarungen geht es dabei, von denen Maximilian gesprochen hatte?

Eines war sicher, wenn Christian seine Biogasanlage nicht zu 100 Prozent ausgelastet hat und dieses nicht mit Zulieferverträgen für die nächsten zehn Jahre belegen kann, platzt der Verkauf an Dr. Symzik.

„Konnte es sein, dass Christian den Vertrag mit Maximilian gefälscht hat und er ihn betrügen will?"

Eilig kramte sie in dem Papierstapel, sie fand die Kopie des Vertrages mit zehn Jahren Laufzeit und der Unterschrift.

War die Unterschrift gefälscht??

„Hier stimmt doch etwas nicht", platzte es aus ihr heraus.

Marlene sprang auf, in der linken Hand die Kopie des höchstwahrscheinlich gefälschten Vertrages und griff nach Autoschlüssel und Handy. Schon lief sie die Treppe hinunter, durch den Gasthof zum Parkplatz, wo ihr Wagen stand.

Ein Blick auf ihre Armbanduhr, es war 13:45 Uhr. Nur noch 15 Minuten.

„Ich muss mich beeilen. Das Papier muss Maximilian sehen bevor er irgendetwas bei Christian unterschreibt."

Kaum war sie eingestiegen, startete sie auch schon den Motor und fuhr mit aufheulendem Motor vom Parkplatz.

20

„Georg, komm noch einmal her", rief Christian seinen Helfer zu sich. Dieser stellte die Kiste eilig ab, die er in die Werkstatt tragen wollte und ging mit schnellen Schritten zu seinem Chef. Er wusste, dass er sich beeilen musste, wenn er gerufen wurde.

„Also noch einmal, dass das auch klar ist: Um 14:03 Uhr, genau auf die Sekunde, fängst du mit dem Spektakel an. Ich verlasse mich auf dich. Wenn das nicht klappt, kannst du dir vorstellen, dass du dir einen neuen Job suchen kannst. Klar?"

„Ja, ja, Chef, ich mach das schon. Ich bin doch nicht blöd", antwortete Georg.

Christian nickte und wandte sich ab.

„Da bin ich mir nicht so sicher", schüttelte er den Kopf.

Es war kurz vor 14 Uhr und der rote Sportwagen des Grafen hielt vor dem Gelände der Biogasanlage. Kaum hatte er geparkt, sprang Maximilian aus dem Wagen, ging durch das offene Tor direkt auf Christian zu. Der stand wartend vor dem Bürocontainer. Er hatte natürlich den ankommenden satten und tiefen Klang des Automotors gehört und angespannt zum Grafen geschaut.

„Jetzt geht's um alles", dachte Christian zu Meyer!

Mit ausgestrecktem Arm ging er auf den Grafen zu. Überschwänglich begrüßte er den adeligen Freund. Er bedankte sich mehrmals dafür, dass er ihm hilft und deshalb das Land an ihn verpachtet.

„Ich habe schon alles vorbereitet", begrüßte er ihn.

„Christian, eins musst du mir erklären. Marlene hat mir erzählt, dass sie hier ist, um für Dr. Symzik deine Unterlagen zu überprüfen, weil er die Anlage kaufen will."

„Es ist anders, Dr. Symzik ist an mich herangetreten. Er hat mich gefragt, ob ich meine Biogasanlage verkaufen will. Natürlich will ich nicht verkaufen, ich habe aber Interesse geheuchelt", log Christian.

„So erfahre ich von einem renommierten Fachmann, was meine Anlage wert ist", erklärte er.

Maximilian nickte: „ Das ist aber nicht die feine Art."

„Ich will mich erweitern und so kann ich erfahren, was meine Anlage wert ist, wie viel Kredit ich von der Bank bekommen kann. Ein Gutachten von Dr. Symzik ist viel wert und auf diese Weise auch noch kostenlos", schwindelte Christian weiter.

„Na gut, du warst schon immer auf deinen Vorteil bedacht. Ich helfe dir auch nur, weil wir uns schon so lange kennen."

Sie betraten das Büro und wurden von Angelika begrüßt:

„Guten Tag Herr Graf."

„Hallo Angelika."

Angelika, Christians Bürokraft, tippte weiter auf der Tastatur des PCs. Beide gingen an ihr vorbei zu Christians Schreibtisch, der weiter hinten an der fensterlosen Wand des Büros stand. Hier hatte Christian die Vertragsunterlagen bereits bereit gelegt.

Maximilian nahm beide lose Blätter aus der Mappe in die Hand und las den Text durch. Der Inhalt stimmte, alles wie besprochen. Die genaue Lage des Landes, die Größe, die Dauer und der Preis, auf den sich beide geeinigt hatten.

„Nimm doch Platz", sagte Christian und deutete auf einen Stuhl, der vor dem Schreibtisch stand.

„Nein, nein, ich habe wenig Zeit. Ich kann

auch im Stehen unterschreiben", antwortete der Graf.

Nervös wippte Christian auf seinen Füßen. Angespannt schaute er auf seine Rolex, es war genau 14:03 Uhr.

Maximilian nahm seinen Montblanc-Füller aus der Brusttasche seines Jacketts und schraubte ihn auf.

Plötzlich ertönte ein lautes Krachen und der Bürocontainer schien zu beben.

Erschrocken schaute Maximilian in Richtung Tür und lief zu der Fensterreihe links neben der Tür und schaute neugierig hinaus. Angelika kam im gleichen Moment dazu.

Sie sahen wie Georg mit einem Trecker gegen einen stehenden Anhänger, der bis oben mit Mais gefüllt war, gefahren war.
Dieser war durch den Aufprall umgekippt und der gesamte Mais ergoss sich über den gepflasterten Innenhof.

Angelika bemerkte: „Der hat den Wagen anscheinend überhaupt nicht gesehen. Georg muss den Wagen mit hohem Tempo gerammt haben!"

Maximilian schüttelte ungläubig den Kopf.

Christian hatte inzwischen die Zeit der Verwirrung genutzt und die Verträge vertauscht. Auf dem Blatt mit der Vertragsdauer stand jetzt zehn Jahre und nicht wie vereinbart ein Jahr.

Schnell stellte er sich hinter die beiden am Fenster.

Maximilian drehte sich kurz um und sah Christian hinter sich stehen. Er hatte zwar das Gefühl, dass Christian gerade erst gekommen war, aber Christian verhielt sich so, als wäre er auch schon die ganze Zeit dort.

„Oh mein Gott", rief Christian.

„Georg, dieser Idiot. Kann der denn gar nichts? Das kostet mich zwei Stunden Zeit, von dem finanziellen Schaden gar nicht zu reden".

„Würdest du mehr Gehalt zahlen, würdest du auch besseres Personal bekommen, du bist doch selber Schuld", erwiderte Maximilian.

„Ich finde 6€ sind schon zu viel, schau dir das Unglück doch an. Komm lass uns schnell den Vertrag unterschreiben. Du siehst, ich muss mich um den Wagen kümmern, was für eine Schweinerei!"

Sie gingen zum Schreibtisch zurück.

Angelika hatte sich bereits wieder gesetzt und tippte weiter.
Maximilian hatte seinen geöffneten Füller noch in der Hand. Er stand vor dem Tisch und beugte sich über den Vertrag. Der Graf setzte an um auf der gestrichelten Linie über seinem gedruckten Namen zu unterschreiben.

Plötzlich flog die Tür auf und Marlene stand im Türrahmen.

„Maximilian, unterschreibe nicht! Christian will dich betrügen, er hat dich hereingelegt!", schrie sie.

Marlene war mit überhöhter Geschwindigkeit zu Christians Biogasanlage gefahren und während der Fahrt hatte sie mit ihrem Handy ihren Boss erreicht. Sie hatte in kurzen Sätzen Dr. Symzik über ihren Verdacht informiert und dass sie sich gleich wieder melden würde.

Christian war kreidebleich im Gesicht, Angelika hatte aufgehört zu tippen und starrte Marlene mit offenem Mund an.
Maximilian hatte sich aufgerichtet und

schaute erschrocken zu Marlene hinüber, dann zu Christian.

Er nahm die Blätter des noch nicht unterschriebenen Vertrages noch einmal in die Hand. Er überflog die Seiten. Und wirklich las er jetzt, dass die Laufzeit zehn Jahre dauern sollte.

Ihm dämmerte, dass der Unfall auf dem Gelände inszeniert war, um ihn abzulenken. Jetzt war er sich sicher, dass Christian als letzter zum Fenster kam. In dieser kurzen Zeit musste er die Blätter ausgetauscht haben.

„Du wolltest mich betrügen, obwohl ich dir helfen wollte. Das ist jämmerlich und unverschämt. Dir ist doch klar, dass es keinen Pachtvertrag mit mir gibt", brüllte Maximilian Christian an. Er rang mit hochrotem Kopf nach Luft.

„ Diesen Vertrag mit deiner gefälschten Unterschrift habe ich hier gefunden", sagte Marlene und gab ihm die Kopie, die sie die ganze Zeit fest in der linken Hand gehalten hatte.

Maximilian warf einen kurzen Blick auf die Kopie und schüttelte mit dem Kopf. Er gab das Papier Marlene zurück.

„Ein Urkundenfälscher bist du auch noch, das ist kriminell. Vor 20 Minuten hast du mir glaubhaft versichert, dass du von Dr. Symzik nur hören wolltest, was deine Anlage wert ist, dabei wolltest du sehr wohl verkaufen. Du Lügner."

Christian war noch bleicher geworden. Er stammelte etwas von Versehen oder Zahlendreher und dass es ihm leid tut und er keine andere Wahl gehabt hätte.

Maximilian erwiderte: „Hör auf, ich kann deine Lügen nicht mehr ertragen! Ich werde dafür sorgen, dass alle Landwirte in der Umgebung erfahren, was für ein mieser Typ du bist. Freunde bescheißen zu wollen ist das Allerletzte. Ich werde dich anzeigen. Du gehörst vor Gericht."

Inzwischen hatte Marlene die Nummer von Dr. Symzik gewählt und sprach mit ihm: „Ja genau Herr Dr., es ist so wie ich vor einer halben Stunde angedeutet hatte. Ja, selbstverständlich, ich gebe an Herrn Christian zu Meyer weiter."
Wortlos streckte Marlene dem Betrüger den Arm mit dem Handy entgegen.
Christian nahm mit weit aufgerissenen Augen das iPhone in die Hand und hielt es an sein Ohr.

„Tag, hier ist Dr. Symzik. Sie wollten mich mit gefälschten Unterlagen zum Kauf ihrer Biogasanlage bringen?

Das ist eine Frechheit wie ich sie noch nie erlebt habe! Das ist ihnen doch klar, dass die Verkaufsverhandlungen hiermit beendet sind. Ich kenne alle Investoren in dieser Branche, aber sie werden niemanden finden, der mit Ihnen Geschäfte macht, dafür werde ich sorgen.

Mein Guter, Sie sind erledigt. Auf Wiederhören."

Dr. Symzik hatte das Gespräch beendet. Verstört gab Christian das Handy zurück.

Er war fassungslos. Christian konnte nicht verstehen, was alles auf ihn hereinbrach. Er zermarterte seinen Kopf, aber die rettende Idee kam nicht. So schnell fand er keinen Ausweg.

Maximilian hatte noch die Blätter des Vertrages in der Hand.

Er zerriss sie mit beiden Händen und warf sie Christian, der immer kleiner zu werden schien, vor die Füße.

Wortlos und ohne ihn anzusehen packte er Marlenes Hand und beide verließen den Bürocontainer.

Maximilian musste sich zwingen sich zu beherrschen, er war noch sehr aufgebracht.

Sie waren auf dem Parkplatz vor der Anlage angekommen und standen vor seinem Cabriolet.

Er schaute Marlene an und sagte: „Danke, ohne dich hätte Christian mich hereingelegt und unsere gemeinsame Zukunft hätte ein bisschen holpriger angefangen. Es hätte uns ein paar Jahre gekostet unser Vorhaben zu realisieren."
„Lass uns das ganz schnell vergessen. Ich freue mich auf meine neue Aufgabe an deiner Seite", erwiderte Marlene.

Maximilian öffnete die Beifahrertür seines Jaguars und Marlene glitt auf den Sportsitz. Nachdem Maximilian sich auf den Fahrersitz gesetzt hatte, startete er den Sportwagen und lenkte ihn auf die Asphaltstraße.

21

„Christian dieser Idiot, es geht ihm doch gut. Er hat so viel mehr wie er eigentlich braucht."

Maximilian fuhr langsam durch den Ort. Er bog hinter dem Ortsausgangsschild auf die Landstraße in Richtung Gut des Grafen.

„Ich glaube, er hat Minderwertigkeitskomplexe. Er wollte die gleiche Anerkennung wie die Großbauern hier. Und er wollte dein bester Freund sein, schon als Kind. Er lief dir doch immer hinterher und hat uns schon damals genervt."

„Oh Marlene, wenn du so weiter redest, bekomme ich gleich Mitleid."

„Lass die Ereignisse ein oder zwei Tage sacken, dann kannst du entscheiden, was du machst und wie du mit den Ereignissen des heutigen Tages umgehst. Aber Mitleid solltest du wirklich nicht haben."

Maximilian hielt den Wagen rechts an der Straßenseite an. Von hier konnte man das Schloss in der Ferne sehen. Von der erhöhten Straße schauten sie über eine große Wiese, auf der Pferde weideten, auf das Gut. Hinter der Weide kam ein breiter Wassergraben.

Das Schloss war von drei Seiten von ausgedehnten Burggräben umgeben, die früher ein Schutz vor Angreifern waren.

Maximilian schaute Marlene an und sagte, " Wir sind ein richtig gutes Team. Ich liebe dich so sehr. Du hast mir unendlich gefehlt."
Mit den Fingern der rechten Hand berührte er ihr Kinn und zog es mit sanftem Druck zu sich. Marlene drehte ihren Kopf zu ihm. Er küsste sie zärtlich. Ganz kurz und sanft. Ein Kuss wie ein Hauch. Marlene verstand wie sich Dornröschen gefühlt haben musste, als sie wach geküsst wurde.

Marlene fühlte sich wie neu geboren und völlig frei. Sie wusste ein neues Leben würde für beide beginnen.

Beide schauten noch eine Weile zum Schloss hinüber. Die heiße Luft schien zu vibrieren und das Gebäude schien wie aus einer anderen Welt zu sein.

Maximilian ließ den Wagen an und steuerte ihn in den Weg, der zum Anwesen führte.

Als die letzte Kurve gefahren war und sie auf dem letzten geraden Stück direkt auf das Schloss zufuhren und das imposante Gebäude immer größer zu werden schien, lächelte Marlene und dachte:

Alles wird gut.